仮面城

横溝正史

角川文庫
23289

目次

仮面城

たずねびと

世のなかには十年に一度か百年に一度、人間の思いもおよばぬぶきみな事件が起こることがある。しかし、そういう恐ろしい事件でも、はじめはなんのかかわりもない、ふつうのできごとのように見えることが多いものだ。

なにも知らずにそのなかにまきこまれたひとびとは、途中で事件の恐ろしさに気がついて、身ぶるいをして逃げだそうとするが、そのときにはもう、金しばりにあったように、身動きもできなくなってしまう。

竹田《たけだ》文彦《ふみひこ》のばあいがちょうどそれだった。あのとき文彦がテレビのチャンネルをまわしさえしなかったら、あの老人をたずねていなかったら、さてはまた、あの金の箱をうけとらなかったら、これからお話しするような、かずかずの恐ろしい事件のなかに、まきこまれるようなことはなかったかもしれない。

文彦はことし十二歳、東京の山の手にある、花園小学校《はなぞのしょうがっこう》の六年生。おとうさんは丸の内に事務所を持っている貿易会社の会社員で、おかあさんはもと、オペラなどにも出た有名な歌手だったが、いまは舞台も音楽もやめて、ただ文彦の成長を楽しみに、貧しいながらも一家むつまじく暮らしているのだ。

十年まえ、中国からひきあげてくるまでは、文彦の一家も、香港《ホンコン》ではなやかな暮らしをしていて、自動車の三台も持っていたくらいだが、いまはもうその面影《おもかげ》もなく、四十歳をすぎたおとうさんが、友だちの経営している会社へ、毎日べんとうさげてかよっているありさまである。

しかし、おとうさんもおかあさんも、そのことについて、不平をいったことは一度もなく、文彦もじぶんを不しあわせだなと思ったことはない。ところが春休みのとある一日から、思いがけない運命が、このあどけない、目のクリクリとした少年のうえにおそいかかってきたのだった。

その朝、おとうさんは会社の用で、大阪のほうへでかけていたし、おかあさんはかぜをひいて寝ていた。しかし、べつに心配するほどのことはないので、文彦はいつものとおり、勉強をすませると、ふと、テレビのスイッチをひねったが、チャンネルをまわしたとたん、耳にとびこんできたのは、司会者のつぎのようなことばだった。

……香港の0街三十六番地に住んでいられた、竹田文彦さんのことをご存じのかたは世田谷区成城町《せいじょうまち》一〇一七番地、大野健蔵《おおのけんぞう》さんまでお知らせください。

朝のニュース・ショーでやっているたずねびとのコーナーだったのである。

文彦はびっくりしてしまった。香港0街三十六番地に住んでいた竹田文彦とは、じぶんのことではないか。

隣のへやに寝ていたおかあさんも、びっくりして起きてきたが、そのテレビが、またしてもおなじことをくりかえした。

おかあさんと文彦は、だまって顔を見合わせていたが、やがて文彦があえぐような声でいった。

「おかあさん、ぼ、ぼくのことですね」

おかあさんはだまってうなずいた。なんとなく不安そうな顔色である。

「でも、大野健蔵ってだれなの。どうしてぼくをさがしているの?」

「おかあさんにもわかりません。いままで一度もきいたことがない名まえです」

「おとうさんのお知り合いでしょうか」

「いいえ、おとうさんのお知り合いなら、みんなおかあさんが知っています。いままで一度もおとうさんから、そんなお名まえをうかがったことはありませんよ」

文彦とおかあさんは、そこでまただまって顔を見合わせてしまった。前にもいったように、文彦のおかあさんというひとは、舞台に立っていたことがあるだけに、年より若く見え、いまはかぜをひいて多少やつれてはいるものの、たいへんきれいなひとだった。

そのきれいなおかあさんが、なにか気にかかることがあるらしく、心配そうにわなわなと、くちびるをふるわせているのが、文彦にはなんとなくみょうに思われてならなかった。

「おかあさん、ぼく、いってきましょうか」

「いくってどこへ……?」

「大野健蔵さんというひとのところへ……」

「そ、そんなあぶないこと……相手がどんなひとだかわかりもしないのに……」

「だって、テレビを見ていながら、だまっているのは悪いでしょう。ぼく、いってきます。だいじょうぶですよ。むこうへいってみて、なにかいやなことがありそうだったら、なかへはいらずに帰ってきます。それならいいでしょう」

文彦はもうすっかり決心をしていた。

少年はだれしも冒険心や、まだ見ぬ世界にあこがれる強い好奇心を持っているものだが、文彦もやっぱりそのとおりだった。

だからその日、文彦はテレビのたずねびとを知ると、やもたてもたまらなくなり、心配してひきとめるおかあさんを、いろいろとなだめて、とうとう成城の大野健蔵というひとをたずねていくことになった。

成城には友だちがいるので、まえに二、三度遊びにきたことがある。それに家を出るまえに、地図を調べてきたので、一〇一七番地というあたりも、だいたい見当がついていた。

小田急の成城駅で電車をおりて、駅の北側出口から外へ出ると、そこにはいかにも学校町らしい、おちついた桜並木の、舗装道路《ほそうどうろ》がつづいていた。桜並木のサクラはいまそろそろひらきかけているところだった。その道を十分くらい歩いていくと、きゅうに家がとだえて、その先は、さびしい武蔵野《むさしの》の景色がひろがっている。畑にはムギがあおみ、空にはヒバリがさえずっていた。そして、あちこちに点々として見えるのは、雑木林《ぞうき》にとりかこまれたワラぶきの家。

文彦はきゅうに心細くなってきた。じぶんがこれからたずねていこうという家は、こんなさびしいところにあるのだろうか……。

まえに二、三度、成城へ遊びにきたことのある文彦は、成城といえば上品な、高級住宅街だとばかり思っていた。そして、そこに住んでいる大野健蔵というひとの家も、そういう邸宅の一つだろうとばかり思いこんでいたのである。

ところが、そういう住宅街には一〇〇〇台の番地の家はなく、一〇一七番地といえば、どうしてもこのさびしい、ムギ畑と雑木林の奥にあることになるのだ。

文彦はポケットから、もう一度地図をだして調べてみたが、やっぱりそうだった。大野健蔵というひとの住んでいる一〇一七番地は、どうしてもこのさびしい、武蔵野の奥にあることになるのである。

文彦は勇気のある少年だったが、さすがにちょっとためらわずにはいられなかった。よっぽどそこからひきかえそうかと思ったが、そのときだった。だしぬけにうしろから、

「坊っちゃん、坊っちゃん、ちょっとおたずねいたしますが……」

と、しゃがれた声をかけた者がある。

文彦はなにげなく、そのほうをふりかえったが、そのとたん、冷たい水でもぶっかけられたように気味の悪さを感じたのだった。

そのひとはおばあさんだった。しかし、ふつうのおばあさんではなく、なんともいいようのないほど、気味の悪いおばあさんなのである。きみたちもきっと西洋のおとぎばなしのさし絵で、意地の悪い魔法使いのおばあさんの絵を見たことがあるだろう。

いま、文彦に声をかけたおばあさんというのが、そういう絵にそっくりなのだった。そろそろサクラも咲こうというのに、黒く長いマントを着て、頭からスッポリと、三角形の頭巾《ずきん》をかぶっている。そして、その頭巾の下からはみだしている、もじゃもじゃとした銀色の髪、ギョロリとした意地の悪そうな目、ワシのくちばしのような曲がった鼻、腰が弓のように曲がり、こぶだらけの長いつえをついているところまで、魔法使いのおばあさんにそっくりなのだ。

文彦はあまりのことに、しばらくはことばがでなかった。するとおばあさんは意地悪そうな目で、ジロジロと文彦を見ながら、

「これ、坊っちゃん、おまえはつんぼかな。わしのいうことが聞こえぬかな。おまえにちょっと、たずねたいことがあるというのに……」

「は、はい。おばあさん。ぼ、ぼくになにかご用ですか?」

文彦はやっと声がでた。それから急いでハンカチをだしてひたいの汗をふいた。

「おお、おまえにたずねているのじゃよ。このへんに大野健蔵という男が住んでいるはずじゃが、おまえ知らんかな?」

大野健蔵——と、声をだしかけて、文彦は思わずつばきをのみこんだ。どういうわけ

か文彦は、そのとき正直に、《大野健蔵さんなら、ぼくもいまさがしているところです》とはいえなかったのである。

文彦がだまっていると、おばあさんはかんしゃくを起こしたように、トントンとこぶこぶだらけのつえで地面をたたきながら、

「これ、なんとかいわぬか。大野健蔵——知っているのかおらんのか」

「ぼ、ぼく、知りません。おばあさん、ぼくこのへんの子じゃないんですもの」

文彦はとうとううそをついてしまった。もっとも文彦も、まだ大野健蔵というひとの家を知らないのだから、まんざらうそともいえないのだが、するとおばあさんは、こわい目でジロリと文彦をにらみながら、

「なんじゃ。それじゃ、なんでそのことを早くいわんのじゃ。ちょっ、つまらんことでひまをつぶした」

魔法使いのようなおばあさんは、そこでクルリと背をむけると、コトコトとつえをつきながら、ムギ畑のあいだの道をむこうの雑木林のほうへ歩いていった。

文彦はまたしても、ゾーッとするような寒気をおぼえずにはいられなかった。

草の上の血

文彦はますます気味が悪くなってきた。じぶんのたずねていこうとする、大野健蔵と

いうひとの家がこんなさびしいところにあるだけでも、ビクビクしているのに、おなじその家へたずねていこうとするのが、あの気味の悪いおばあさんとは。

大野健蔵というひとと、あのおばあさんとのあいだに、どんな関係があるのか知らないがあんな気味の悪いおばあさんの知り合いがあるところを見ると、なんだか大野健蔵というひともまともなひとのようには思えなくなってきた。

〈よそう。よそう。やっぱりおかあさんのいったとおりだ。子どものぼくがでかけてくるのがまちがっていたのだ。おとうさんが帰ってくるのを待って、よく相談するのがほんとうだったのだ〉

そこで文彦はクルリとまわれ右をすると、いまきた道をものの百メートルほどもひきかえしたが、ああ、あとから思えば文彦が、そのまま家へ帰っていたら、あのように恐ろしい事件にも出会わず、また、あのように、奇々怪々な思いもせずにすんだかもしれないのだ。

ところが、桜並木を百メートルほどひきかえしてきたところで、文彦はハッとあることに気がついた。

あのおばあさんははたして、大野健蔵というひとの、仲のよい友だちなのだろうか。いやいや、さっきのことばのようすでは、なんだかそうではないように思われる。そのしょうこに、大野健蔵という名まえを口にしたとき、おばあさんの目が、なんとなく意地悪そうにかがやいたではないか。あのおばあさんは大野健蔵というひとの味方ではなく、ひょっとすると敵ではないだろうか。

　それからまた、文彦はこんなことにも気がついた。

　あのおばあさんが、大野健蔵というひとをたずねてきたのは、あのひともまた、きょうのテレビを見たせいではないか。それで、大野健蔵というひとのいどころを知り、それであぁして、押しかけていくのではあるまいか……。

　少年の心のなかには、おとなもおよばぬするどさがやどっていることがある。とっさのあいだにこれだけのことを考えると、文彦はこんどはきゅうに、大野健蔵というひとのことが心配になってきた。そこでまた、まわれ右をすると、大急ぎでさっきのところまできたが、そのときにはもう気味の悪いおばあさんのすがたは、どこにも見あたらなかった。

　文彦はしかしもうためらわなかった。ムギ畑のあいだの道を、ズンズンすすんでいくと、間もなく雑木林にそって道が曲がっている。そのへんまでくると、あたりはいよいよさびしく、どこにも人影は見あたらない。

　道のいっぽうはふかい雑木林になっていて、反対側には、流れの早い小川が流れているのだ。そして小川のむこうは、ふかい竹やぶである。

　文彦はしばらくその道を歩いていったが、すると、曲がりくねった道のほうから、急ぎ足にこちらのほうへやってくる足音が聞こえてきた。文彦は立ちどまって、その足音を聞いていたが、きゅうに顔色をかえると、かたわらの雑木林にとびこんで、草のなかに身をふせた。足音のなかにまじっている、コトコトというつえの音を聞いたからだった。

むこうからやってきたのは、はたしてさっきのおばあさんだった。おばあさんは息をきらしてあたふたと、文彦のかくれているまえまでくると、そこでふと立ちどまって、鋭い目であたりを見まわすと、いままで弓のように曲がっていた腰を、きゅうにシャンとのばしたではないか。

文彦は思わずアッと息をのみこんだ。ああ、このひとはおばあさんではないのだ。おばあさんのまねをしているだけなのだ。ひょっとするとこのひとは、男ではないのだろうか。

あやしいひとは、また鋭い目であたりを見まわすと、やがてつえを草の上において、土手をくだってむこうの小川のふちへおりていった。そして、ジャブジャブと手をあらっているようすだったが、それがすむと、草の上においたつえをとりあげ、それをまたジャブジャブとあらった。

そして、それにきれいにぬぐいをかけると、道の上へあがってきて、それからもう一度、鋭い目であたりを見まわすと、いままでシャンとのばしていた腰をふたたび弓のように曲げ、コトコトとつえをついて、雑木林のむこうへ消えていった。

あまりの気味悪さに、文彦の心臓は、はやがねをつくようにおどった。あやしいひとの足音が聞こえなくなってからのちも、文彦はずいぶん長いあいだ、草のなかにかくれていたが、やっと安心して、雑木林から逃げだしたときには、からだじゅうがべっとり汗でぬれていた。しかも、そのとき文彦は、まだまだもっと恐ろしいものを見たのである。あやしいひとがさっきつえをおいた草の上を見ると、べっとり赤くぬれているではないか。文彦はおそるおそる指でさわってみて、すぐに、それが血であることに気がついた。

ああ、さっきのひとは、小川で血のついた手をあらっていたのだ。

白髪の老紳士

文彦が臆病な少年だったら、もうそれ以上がまんすることはできなかったにちがいない。きっとその場から逃げだして、家へ帰ったにちがいない。

ところが文彦はたいへん勇敢な少年だったので、それを見ると反対に勇気が出てきた。文彦は大急ぎで、いまあやしいひとがやってきたほうへ走っていった。

すると、ものの五十メートルもいかないうちに、むこうのほうから聞こえてきたのは、けたたましい悲鳴だった。どうやらひとを呼んでいるらしく、かわいい少女の声のようなのだ。

文彦はそれを聞くと、いよいよ足を早めて走っていったが、すると、きゅうに雑木林がとぎれて、一軒の洋館が目のまえにあらわれた。見るとその洋館の窓から、文彦とおなじ年ごろの少女が、半身をのりだし、両手をふって、金切り声をあげているのだ。

文彦はそれを見ると、むちゅうで門のなかへとびこんだ。門から玄関までは二十メートルくらいある。文彦はその道をむがむちゅうで走っていくと、玄関からなかへとびこんだが、そのまえに、ちらりと玄関のわきにかかっている表札を見ることを忘れなかった。

その表札には、たしかに、大野健蔵という四文字。

文彦はハッと胸をおどらせると、少女の叫んでいる、左側のへやへはいっていったが、そのとたん、思わずアッと立ちすくんでしまった。

そこは二十畳じきもあろうと思われる、広い、そしてぜいたくな洋間だった。いすからテーブル、窓のカーテンから床のしきもの、なにからなにまで古びてはいるものの、金目のかかったりっぱなものばかりである。

そのりっぱな洋間の中央に、頭の白い老人が、うつむけになって倒れていた。しかも、まっ白な頭のうしろには、大きな傷ができて、そこから恐ろしい血が噴《ふ》きだしているのだ。

「あ、こ、これはどうしたのです？」

文彦がたずねると、

「どうしたのか、わたしにもわかりませんの。いまお使いから帰ってみると、おとうさんがこうして倒れていたんです」

少女は頭をおかっぱにして、かわいいセーラー服を着ている。

「このひとはきみのおとうさんなの？」

少女は涙のいっぱいたまった目で、コックリとうなずいた。

「それじゃ、表札に出ている大野健蔵さんというひとは、このひとのことなの」

少女はまたコックリとうなずいたが、そのときだった。

大野健蔵という名が耳にはいったのか、床に倒れていたひとがかすかに身動きをすると、

「だ、だれだ……香代子《かよこ》……だれかきているのか……」

と、弱々しい声でつぶやいた。

「アッ。きみ、香代子さんというの。おとうさん、気がおつきになったようだよ、なにか薬はないの？」

「あら、わたし、忘れていたわ、すぐ取ってくるわ」

香代子は大急ぎで、へやからとびだしていったが、そのあとで、床に倒れていたひとは、よろよろと起きなおった。

年はまだ、五十まえだと思われるのに、頭の毛はもう雪のようにまっ白だ。そしてなんとなく、上品な感じのする紳士だったから、文彦はホッと胸をなでおろした。このひとならば悪人ではない。……白髪の紳士は床から起きなおったが、まだ頭がふらふらするらしく、足もとがひょろついているので、文彦は大急ぎでいすを持ってきてあげた。

「おじさん、これにおかけなさい。あぶないですよ」

「ありがとう、ありがとう……」

白髪の紳士はよろよろといすに腰をおろすと、はじめて文彦に気がついたように、

「おや、きみは……？」

「おじさん、ぼく、竹田文彦です。きょうのテレビを見てやってきたんです。おじさん、なにかぼくにご用ですか？」

竹田文彦という名を聞いたとたん、白髪の老紳士の顔色がサッとかわった。

ああ、このひとは文彦に、いったい、どのような用事があるというのだろうか。

地底の音

「文彦——おお、きみが文彦くんだったのか」

白髪の老紳士の顔には、サッと喜びの色が燃えあがったが、すぐにまたいたそうに顔をしかめて、

「香代子は……香代子はどうした？」

「香代子さんならいま薬をさがしにいきました。おじさん、いったいどうしたんですか？」

「いや、なに、年をとるとしかたないもんでな。足をすべらせて、暖炉《だんろ》のかどにぶっつ

けたのじゃ。ははは……」

文彦は思わず相手の顔を見なおした。

このひとはうそをついている。このひとはさっきの老婆のステッキで、なぐり倒されたのにちがいないのだ。それなのに、なぜこんな見えすいたうそをつかねばならないのだろう。……文彦はなんとなく、気味が悪くなってきたが、そこへ香代子が薬とほうたいを持ってきた。

そこで文彦も手伝って、応急手当てをしたが、幸い傷は思ったより、ずっと軽かった。

「おとうさま、お医者さまは……？」

香代子が心配そうにたずねると、

「いいんだ、いいんだ、医者なんかいらん」

そのことばつきがあまりはげしかったので、文彦はまた、相手の顔を見なおしたが、すると老紳士も気がついたように、にわかにことばをやわらげて、

「香代子、おまえはむこうへいっておいで。わしはこの少年に話があるから」

香代子は心配そうな目で、オドオドとふたりの顔を見ていたが、それでもだまってへやから出ていった。

あとには老紳士と文彦のふたりきり。老紳士は無言のままくいいるように文彦の顔をながめている。文彦はなんとなく、きまりが悪くなってうつむいてしまったが、そのときだった。文彦は老人のほかにもうひとり、だれかの目がジッとじぶんを見ているよう

な気がしてハッと顔をあげて、へやのなかを見まわした。

まえにもいったとおり、そこはたいへんゼイタクなへやなのだが、なにもかも古びていて、なんとなく陰気な感じがするのだ。しかし、そこには老人と、文彦のほかにはだれもいない。それではじぶんの気のまよいだったのかと、文彦は老人のほうへむきなおろうとしたが、そのとき、ふとかれの目をとらえたのは、暖炉の横のほのぐらいすみに立っている、大きな西洋のよろいだった。

文彦はハッとした。ひょっとするとあのよろいのなかにだれかひとが……だが、そのとき老人の声が耳にはいったので、文彦はやっとわれにかえった。

「文彦くん、なにをキョトキョトしているんじゃ。わしのことばがわからんかな。きみのおとうさんの名まえはなんというの？」

「あ、ぼ、ぼくの父は竹田新一郎《しんいちろう》……」

「香港でなにをしておられた？」

「貿易会社の社長でした」

「おかあさんの名は？」

「竹田妙子《たえこ》といいます」

「いまどこに住んでいるの？」

まるで口頭試問をうけているみたいである。

文彦の答えに耳をかたむけていた老紳士は、やがてふかいため息をついて、

「文彦くん、きみはたしかにわしのさがしている少年にちがいないと思うが、念には念をいれたい。左の腕を見せてくれんか。また、さっきのようなことがあっては……」

さっきのようなこととはなんだろう。そしてまた、なぜ左の腕を見せろというのだろう。……文彦はまた、なんとなくうす気味悪くなってきたが、そのときだった。あの奇妙な物音が聞こえてきたのは……。

どこから聞こえてくるのか、隣のへやか、天じょううらか……いやいや、それはたしかに地の底から聞こえてくるのだ。キリキリと、時計の歯車をまくような音。……それがしばらくつづいたかと思うと、やがてジャランジャランと、重いくさりをひきずるような音にかわった。

武蔵野のこの古めかしい一軒家の、地の底からひびいてくるその物音……それはなんともいえぬ気味悪さだった。

ダイヤのキング

「おじさん、おじさん、あれはなんの音ですか？」

文彦は思わず息をはずませた。老人もいくらかあわてたようだったが、しかし、べつに悪びれたふうもなく、

「そんなことはどうでもよい。それよりも文彦くん、早く左の腕を見せておくれ」

物音はいつの間にかやんでいた。文彦はしばらく老人の顔をながめていたが、やがて思いきって上着をぬぐと、グーッとシャツのそでをまくりあげた。老人はくいいるように、左の腕の内側をながめていたが、

「ああ、これだ、これだ。これがあるからには、きみはたしかにわしがさがしていた文彦だ」

老人の声はふるえている。それにしてもこの老人は、いったいなにを見たのだろう。

文彦は左腕の内側には、たて十ミリ、横七ミリくらいの、ちょうどトランプのダイヤのような形をした、菱《ひし》がたのあざがあるのだ。文彦はまえからそれを知っていたが、いままでべつに、気にもとめずにいたのだった。

「おじさん、おじさんのいうのはこのあざのことですか？」

「そうだ、そうだ、それがひとつの目印《めじるし》になっているんだよ」

「それで、おじさん、ぼくにご用というのは……」

「実はな、あるひとにたのまれて、ずうっとまえからきみをさがしていたんだよ。やっと望みがかなったわけだ」

「おじさん、あるひとってだれですか？」

「それはまだいえない。でもそのことについて二、三日うちに、きみの家へいっておとうさんやおかあさんとも、よくご相談するからね」

まったくふしぎな話である。けさから起こったこのできごとが、文彦には夢のように

しか思えなかった。えたいの知れない渦のなかにまきこまれて、グルグル回りをしているような、または、なにかに酔ったような気持ちなのだ。

文彦と老紳士は、しばらくだまって、たがいに顔を見合っていたが、そのときだった。この家のうらあたりで、なんともいえない一種異様な、それこそ、ひとか、けものかわからぬような叫び声が、一声高く聞こえてきたかと思うと、やがてろうかをドタバタと、こちらのほうへ近づく足音。

文彦と老紳士は、スワとばかりに立ちあがったが、そこへころげるようにはいってきたのは……ああ、なんという奇妙な人物だろうか。

背の高さは二メートルちかく、まるで拳闘の選手のような、ガッチリとしたからだを、医者の着るような、白衣でつつんでいるのだが、その顔ときたらサルにそっくり。西洋の土人のように髪がちぢれて、ひたいがせまく、鼻が平べったく、しかも、おお、その声。……なにかいおうとするのだが、あわてているのか、あがっているのか、人間ともけものともわからぬ声で、ただ、ワアワアと叫びつづけるばかりなのだ。

文彦はあっけにとられて、そのようすをながめていたが、それに気がついた老紳士は、相手をたしなめるように、

「これ、牛丸《うしまる》、どうしたものじゃ。お客さまがびっくりしていらっしゃるじゃないか。文彦くん、かんにんしてやってくださいこいつは口がきけなくてな。もっともふだんは読唇術《どくしんじゅつ》で、話もできるのだが、きょうはよっぽどあわてているらしい。牛丸、おちつ

きなさい」

老紳士にたしなめられて、牛丸青年もいくらかおちつき、手まねをまじえて、なにやら話をしていたが、それを聞くと老紳士の顔が、とつぜん、キッとかわった。

「な、な、なんだって？　それじゃまたダイヤのキングが……」

「おう、おう、おう……」

「よし、案内しろ」

老人はよろめく足をふみしめながら、牛丸青年のあとからついていく。文彦はちょっとためらっていたが、思いきってあとからついていった。

洋館のうしろはしばふの庭になっていて、そのしばふの中央に太いスギの古木がそびえている。そのスギの木のそばに、香代子がまっさおになって立っていた。

牛丸青年にみちびかれるままに、老人はよろよろと、スギの木のそばへ近づいていったが一目その幹を見ると、アッと叫んで立ちすくんでしまった。

スギの幹のちょうど目の高さあたりに、みょうなものが五寸くぎで、グサリと突きさしてあるのである。それはトランプのダイヤのキングだった。

黄金の小箱

「アッ、こ、これはいけない！」

ヘビにみこまれたカエルのように、しばらく、身動きもせずに、あのあやしいダイヤのキングを見つめていた老紳士は、とつぜん、そう叫んでとびあがった。そして、そのひょうしに文彦のすがたを見つけると、

「アッ、文彦くん、きみもここへきていたのか。いけない、いけない。きみはこんなところへきちゃいけないのだ！」

そう叫んで文彦の手をとると、

「さあ、いこう、むこうへいこう、香代子。牛丸。おまえたちも気をつけて……」

文彦の手をとった老紳士は、逃げるように勝手口からなかへはいると、さっきのへやへ帰ってきた。そして、そこで文彦の手をはなすと、まるでおりのなかのライオンみたいに、ソワソワとへやのなかを歩きまわりながら、しどろもどろのことばつきで、

「文彦くん、もういけない。きょうはゆっくり、きみにごはんでも食べていってもらおうと思っていたのだが、そういうわけにはいかなくなった。きみ、すまないが帰ってくれたまえ。そして、二度とこの家へ近寄らぬように……そのうちにわしのほうからたずねていく。さあ、早く、……早く帰って……いや、ちょっと待ってくれたまえ」

そこまでいうと老紳士は、風のようにへやのなかからとびだしていった。

文彦はあっけにとられて、キツネにつままれたような気持ちだった。いったい、くぎづけにされたあのダイヤのキングには、どういう意味があるのだろう。そしてまた、この家のひとたちは、いったいどういう人間なのだろうか。

あの老紳士にしても、香代子という少女にしても、また、口のきけない牛丸にしても、けっして悪いひとたちとは思えない。しかし、なんとなく気味が悪いのだ。あのふしぎな老婆といい、地底からひびくみょうな音といい、この家をつつむ空気のうちには、なにかしらただならぬものが感じられるのだ。

文彦はぼんやりと、そんなことを考えていたが、そのときまたもや、だれかにジッと見つめられているような気が強くした。文彦はハッとしてへやのなかを見まわしたが、そのとき強く目をひいたのは、あの西洋のよろいである。

ああ、やっぱりあのよろいのなかには、だれかいるのではあるまいか。そしてかぶとの下から、じぶんを見つめているのではないだろうか……。

文彦はなんともいえぬ恐ろしさを感じたが、それと同時に、どうしてもそれをたしかめずにはいられない、強い好奇心にかられた。文彦はソッとよろいに近づいていった。

ああ、たしかにだれかがかくれているのだ。かすかな息づかいの音……。

だが、文彦がいま一歩でよろいに手がふれるところまできたとき、あわただしい足音とともに、帰ってきたのは老紳士だった。

「ああ、文彦くん、そんなところでなにをしているのだ。さあ、これを持ってお帰り。日が暮れるとあぶない。早くこれを持って……」

見ると老人の手のひらには、金色の小箱がのっている。

「おじさん、これはなんですか?」

「なんでもいい。おかあさんにあげるおみやげだ。もし、きみのおとうさんやおかあさんがお困りになるようなことがあったら、この箱をあけてみたまえ。なにかと役に立つだろう」

老人はそういうと、むりやりに黄金の小箱を、文彦のポケットに押しこみ、

「さあ、早くお帰り、そして、もう二度とここへくるんじゃありませんぞ。そのうちに、きっとわしのほうからたずねていく……」

老人はそういって、押しだすように玄関から、文彦をおくりだすと、バタンとドアをしめてしまった。

文彦はいよいよキツネにつままれた気持ちである。それと同時になんともいえない気味悪さをおぼえた。文彦はワッと叫んでかけだしたいのを一生けんめいこらえて、その家の門を出ると、足を早めて、さっきのやぶかげの小川のほとりまできたが、そのときうしろから、だれやらかけつけてくる足音……。

三つの約束

文彦はギョッとして立ちどまったが、追ってきたのはべつにあやしい者ではなく、大野老人のお嬢さんの香代子だった。

「文彦さん」

香代子はほおをまっかにして、ハーハー息をはずませながら近づいてくると、

「あなたずいぶん足が早いのね。あたし一生けんめいに走ってきたのよ」

「はあ、なにかぼくにご用ですか?」

「ええ、うっかりして、その箱のあけかたを、教えるのを忘れたから、それをいってこいとおとうさまにいいつけられて……」

「ああ、そうですか」

文彦はなにげなく、ポケットから黄金の小箱をとりだそうとすると、

「シッ、だしちゃだめ!」

香代子はすばやくあたりを見まわして、

「文彦さん、あなたお約束をしてちょうだい。三つのお約束をしてちょうだい」

「三つの約束って……?」

「まず第一に、おうちへ帰るまで、ぜったいにその箱を、だしてながめたりしないこと。第二に、ほんとに困ったときとか、いよいよのときでないとその箱をあけないこと。第三に、なかからなにが出てきても、けっしてひとにしゃべらないこと。……わかって?」

「わかりました」

「このお約束、守ってくださる?」

「守れると思います。いや、きっと守ります」

「そう、それじゃ指切りしましょう」

にっこり笑って、香代子はゲンマンをしたが、すぐまた、さびしそうな顔をして、

「文彦さん、あなたにお目にかかれて、こんなうれしいことはないわ。でも……またすぐにお別れしなければならないいんじゃないかと思うのよ」

「どうしてですか？」

　文彦はびっくりして聞きかえした。

「ダイヤのキングよ。ダイヤのキングがスギの幹に、くぎざしになっていたでしょう。ダイヤのキングが、あたしたちの身のまわりにあらわれると、いつもあたしたちは逃げるように、お引っ越しをするの。

　いままでに五ヘンも、そんなことがあったわ。こんどは二年ばかりそんなことがなかったので、やっとおちつけるかと思ったのに……」

「香代子さん、それじゃだれかが、きみたちの家をねらっているというの？」

　そのとき、フッと文彦の頭にうかんだのは、あの気味の悪い老婆だった。それからもう一つ、あの客間にあるよろいのこと。

「アッそうだ。香代子さん、きみんちの客間にあるよろいね。あのなかにはだれかひとがはいっているの？」

「な、な、なんですって？」

　香代子はびっくりして目をまるくした。

「文彦さん、そ、それ、なんのこと？　よろいのなかにひとがいるって？」

「いや、いや、ひょっとすると、これはぼくの思いちがいかも知れないんだ。しかし、ぼくにはどうしても、あのよろいのなかにひとがいるような気がしてならなかったんだ。息づかいの音がするような気がしてならなかったんだ。

　それをおじさんにいおうとしたんだが、おじさんがむりやりに、ぼくを外へ押しだすものだから……」

　大きく見張った香代子の目には、みるみる恐怖の色がいっぱいひろがってきた。しばらく香代子は、石になったように立ちすくんでいたが、とつぜん、口のうちでなにやら叫ぶとクルリとむきなおって、

「さようなら、文彦さん、あたし、こうしちゃいられないわ。いいえ、あなたはきちゃだめ。あなたは早くおうちへ帰って……。

　箱をあけるのは、8・1・3よ」

　香代子はまるで猛獣におそわれたウサギのように、やぶかげの小道を走り去っていった。

　文彦はいよいよますます、キツネにつままれたような気持ちがした。考えてみると、きょう一日のできごとが、まるで夢のようにしか思えないのだ。

　文彦はよっぽど香代子のあとを追って、もう一度あの家へひきかえしてみようかと思ったが、気がつくと、あたりはすでにほの暗くなっていた。

いまからひきかえしたりしたら、すっかり日が暮れてしまうことだろう。

それにきちゃいけないという香代子のことばもあるので、やめてそのままうちへ帰ってきたが、

「ただいま」

と、格子《こうし》をあけるなり、奥からころがるように出てきたのはおかあさんだった。

「ああ、文彦よく帰ってきたわね。おかあさんは心配で心配で……それに、金田一《きんだいち》先生も、けさのテレビを見て、ふしぎに思ってきてくだすったのよ。あまりおそいから、いま迎えにいっていただこうと思っていたところなの」

そういうおかあさんのうしろから、

「や、やあ、ふ、文彦くん、お、お帰り」

と、顔をだしたのは、たいへん風変わりな人物だった。よれよれの着物によれよれのはかま、それにいつ床屋へいったかわからぬくらい、髪をもじゃもじゃにして、少しどもるくせのある、小柄でひんそうなひとなのだ。

そのひとはにこにこしながら奥から出てきたが、ひと目文彦の顔を見ると、

「や、や、どうしたんだ、文彦くん？　き、きみはまるで、ゆ、ゆうれいでも見たような、顔をしているじゃないか」

ああ、それにしてもこの金田一先生というのは、いったい何者なのだろうか。

ひょっとすると諸君のなかには、もうこの名を知っているひとがあるかもしれないが

……。

名探偵、金田《きんだ》一耕助《いちこうすけ》

金田一耕助。——と、いう珍しい名まえは、そうざらにあるものではない。だから諸君のなかにもその名を聞いて、ハハアと思いあたるかたもあることだろう。

名探偵、金田一耕助！　そうだ。そのとおりなのだ。みなりこそ貧弱だが、顔つきこそひんそうではあるが、金田一耕助といえば、日本でも一、二といわれる名探偵。その腕のさえ、頭のよさ、いかなる怪事件、難事件でも、もののみごとに、ズバリと解決していく推理力のすばらしさ。

その金田一耕助は、むかしから文彦のおとうさんとは、兄弟のように親しくしている仲だったが、きょう、はからずもテレビのたずねびとの時間に、文彦の名を聞いて、ふしぎに思ってたずねてきたのだった。

「文彦くん、どうしたんだね。それできみは、大野健蔵というひとのところへいってきたのかね」

「はい、いってきました。でも、先生、それがとてもみょうなんです」

「みょうというのは……？」

そこで文彦は問われるままに、きょう一日のふしぎなできごとを、くわしく話して聞かせた。途中で出会った気味の悪い老婆のこと、大野老人のけがのこと、ダイヤがたのあざを調べられたこと、ダイヤのキングのこと、それからまた西洋のよろいのなかに、だれかがかくれているような気がしてならなかったことなどを、もれなく話したが、ただ、ポケットのなかにある、黄金の小箱のことだけは、どうしても話すことができなかった。それというのが香代子とのかたい約束があるからなのだ。

金田一耕助は話を聞いて、びっくりして目を丸くしていたが、それにもましておどろいたのはおかあさんである。おかあさんはまっ青になって、

「まあ、そ、それじゃ文彦、そのひとはおまえの左腕にある、あのあざを調べたというの」

「そうです。おかあさん。そして、これがあるからには、まちがいないといいましたよ」

「まあ！」

おかあさんの顔色は、いよいよ血の気を失った。金田一耕助はふしぎそうにその顔を見守りながら、

「おくさん、なにかお心当たりがありますか？」

「いえ、あの……そういうわけではありませんが、あまり変な話ですから……」

おかあさんの声はふるえている。おかあさんはなにか知っているらしいのだ。なにか心当たりがあるらしいのだ。それにもかかわらずおかあさんは、文彦や金田一探偵が、

なんどたずねても話そうとはしなかったのだった。

金田一探偵はあきらめたように、もじゃもじゃ頭をかきまわしながら、

「なるほど、するとその老人は、文彦くんの左腕にある、ダイヤがたのあざを調べた。ところがそれから間もなく、だれかがダイヤのキングをスギの木に、くぎづけにしていったのをみると、ひどくびっくりしたというんだね」

「ええ、そうです、そうです。それこそ気絶しそうな顔色でしたよ」

「そして、客間のよろいのなかに、だれかがかくれていたと……」

金田一耕助はまじろぎもしないで考えこんでいたが、

「とにかく、それは捨ててはおけません。おくさん、ぼくはこれからちょっといってきます」

「え？　これからおいでになるんですって？」

「先生がいくなら、ぼくもいきます」

「まあ、文彦」

「いいえ、おかあさん、だいじょうぶです。こんどは先生がごいっしょですもの。それにぼく、いろいろ気になることがあるんです。先生、ちょっと待っててください。ぼく、大急ぎでごはんを食べますから」

それから間もなく文彦は、金田一探偵といっしょに、ふたたび家を出たが、ああ、そのとき文彦がもう少し、気をつけてあたりを見まわしていたら！

文彦と金田一探偵が、急いで出ていくうしろすがたを見送って、やみのなかからヌーッと出てきたのは、ああ、なんとあの魔法使いのように、気味の悪いおばあさんではないか。おばあさんはふたりのすがたが見えなくなるのを待って、ニタリと気味悪い笑いをもらすと、コトコトとつえをついて、文彦の家のほうへ近づいていった。

そこにはかぜをひいたおかあさんが、たったひとりで留守《るす》ばんをしているはずなのだ。

よろいは歩く

さて、そういうこととは夢にも知らぬ文彦と金田一探偵は、電車にのって大急ぎで成城までかけつけたが、そのあいだ金田一探偵は、一言も口をきこうとはしなかった。考えぶかい目のいろで、ただ、前方を見つめたきり、しきりに髪の毛をかきむしっている。そういうようすを見るにつけ、文彦にもしだいに事の重大さが、ハッキリとのみこめてきた。この名探偵は、なにかに気がついているらしいのだ。ハッキリしたことはわからなくとも、なにかしらぶきみな予感に胸をふるわせているのだ。

それはさておき、文彦と金田一探偵が、成城についたのは、夜の八時ごろのことだった。

幸い今夜はおぼろ月夜、成城の町を出はずれると、武蔵野の林の上に満月に近い丸い月が、おぼろにかすんでかかっている。あたりには人影一つ見あたらない。

ふたりは間もなくきょう昼間、ぶきみな老婆が手をあらっていた、あのやぶかげの小道にさしかかったが、そのときだった。金田一耕助がとつぜん、ギョッとしたように立ちどまったのである。

「先生、ど、どうかしましたか？」

「シッ、だまって！　あの音はなんだろう」

金田一耕助のことばに、文彦もギョッと耳をすましたが、するとそのとき聞こえてきたのは、なんともいえぬ異様な物音だった。

チャリン、チャリンと金属のすれあうような音、それにまじってガサガサと、雑草をかきわけるような物音が、林の奥から聞こえてくる。たしかにだれかが、林のなかを歩いているのだ。しかし、あのチャリン、チャリンという物音はなんだろう。

金田一探偵と文彦は、すばやくかたわらの木立に身をかくすと、ひとみをこらして音のするほうを見ていたが、やがてアッという叫び声が、ふたりの口をついて出た。それもむりはなかった。ああ、なんということだろう。こずえにもれる月光を、全身にあびながら、林のなかを歩いているのは、たしかにきょう文彦が、あの洋館の客間で見た、西洋のよろいではないか。

西洋のよろいはフラフラと、まるで夢遊病者《むゆうびょうしゃ》のように、林のなかを歩いていく。そして、その一足ごとに、チャリン、チャリンと、金属のふれあう音がするのだ。全身は春の月光をあびて白銀色にかがやき、そのうえに、木々のこずえのかげが、あやしいしまもようをおどらせている。

あまりのことに、さすがの金田一探偵も、しばらくぼうぜんとしてこのありさまをながめていたが、やがてハッと気をとりなおすと、バラバラと林のなかにとびこんだ。

と、その物音に西洋のよろいは、ハッとこちらをふりかえったが、つぎの瞬間、

「キャーッ！」

それこそ、まるできぬをさくような悲鳴をあげると、クルリとむきをかえて、林の奥へ逃げだした。

「待て！」

金田一耕助ははかまのすそをさばいて、そのあとを追っかけていった。相手はなにしろ重いよろいを着ているのだから、すぐにも追いつきそうなものだが、それがそうはいかなかったのは、金田一探偵の服装のせいだった。

林のなかには雑草が一面にはえている。またあちこちに切り株があったり、背の低いカン木がしげっている。それらのものがはかまのすそにひっかかるので、なかなか思うように走れないのだ。

「先生、しっかりしてください。だいじょうぶですか」

「ちくしょう、このいまいましいはかまめ！」

いまさら、そんなことをいってもはじまらない。

こうしてしばらく林のなかで、奇妙な鬼ごっこをしていたが、そのうちに、さすがの

金田一耕助も、思わずアッと棒立ちになってしまうようなことが起こった。

たったいままで林のなかを、あちらこちらと逃げまわっていたあのよろいが、とつぜん、ふたりの目のまえから、消えてしまったのである。そうなのだ。それこそ草のなかに、のみこまれたように、あとかたもなく消えうせてしまったのだった。

秘密の抜け穴

「せ、先生、ど、どうしたんでしょう。あいつはどこへいっちまったんでしょう？」

「ふむ」

金田一探偵も文彦も、まるでキツネにつままれたような顔色である。

ああ、じぶんたちは夢を見ていたのであろうか。春の夜の、おぼろの月光にだまされて、ありもしないまぼろしを追っていたのだろうか。……文彦は林のなかを見まわしながら、ブルルッとからだをふるわせたが、そのとき金田一探偵が、

「とにかく、いってみよう。人間が煙みたいに消えてしまうはずはないからね」

雑草をかきわけて、さっきよろいが消えたところまで近づいていったが、すると、すぐに怪物の、消えたわけがわかった。そこには古井戸のような、ふかい穴があいているのだ。

「あ、先生、ここへ落ちたんですね」

「ふむ、こんなことだろうと思ったよ」

金田一耕助はたもとから懐中電燈をとりだすと、穴のなかを調べた。穴のふかさは四メートルくらい、底にはこんもりと雑草がもりあがっているが、怪物のすがたはどこにも見あたらない。

「せ、先生、これはいったいどうしたんでしょう。ここへ落ちたとして、あいつはそれから、どこへいってしまったんでしょう」

「待て待て、文彦くん、これを見たまえ」

金田一耕助は懐中電燈で、このから井戸の壁のいっぽうを照らしたが、見ればそこには一すじの、鉄ばしごがついているではないか。

「あ、先生、それじゃこの井戸は……」

「抜け穴なんだよ。大野老人もお嬢さんの香代子さんも、しじゅうだれかの見張りをうけて、ビクビクしていたといったね。それでこういう抜け穴をつくって、万一のときの用意にそなえておいたにちがいない」

「先生、それじゃこの井戸をおりていけば、あの洋館へいけるんですね」

「そうだろうと思う。さっきの怪物はそれを知っていてもぐりこんだのか、知らずに落っこちたのか知らないけれど、こうしてすがたが見えないところを見ると、抜け穴へもぐりこんだのにちがいない」

それを聞くと文彦は、なんともいえない強い好奇心と、はげしい冒険心にかりたてら

れた。ガタガタと武者ぶるいをしながら、

「先生、それじゃぼくたちもいってみましょう。この井戸のなかへもぐってみましょう」

「文彦くん、きみにそれだけの勇気があるかい」

「あります」

「抜け穴のなかに、どのような危険が待っているかわからないぜ」

「だいじょうぶです。ぼく、よく気をつけます」

「よし、それじゃいこう」

金田一耕助はみずから先に立って、鉄ばしごに足をかけた。文彦もそのあとにつづいた。井戸の底までたどりつくと、そこには雑草がこんもりともりあがっている。しかしそれはただの雑草ではなくて、タケであんだわくの上に、たくみに雑草をはさみこんであるのだった。

「文彦くん、わかったよ。これで井戸のふたをして、人目につかぬようにしてあったんだ」

「あっ、先生、ここに抜け穴の口があります」

「よし、それじゃぼくが先にいくから、きみはあとからついてきたまえ」

その横穴は高さが一メートル半くらい、おとなでも、ちょっと身をかがめると、立って歩けるくらいの大きさである。

金田一耕助は用心ぶかく、懐中電燈で足元を照らしながら、一歩一歩すすんでいく。文彦はきんちょうのために、全身にビッショリ汗をかきながら、そのあとからつづいていった。おりおり抜け穴の天じょうから、ポトリと冷たいしずくが落ちてきて、文彦をとびあがらせた。

「文彦くん、それにしてもあの林から、洋館まではどのくらいあるの？」

「はあ、だいたい三百メートルくらいだと思いますけれど、道がくねくね曲がっていますから。……直線距離だと、百メートルくらいではないでしょうか」

「それじゃ、もうソロソロいきつきそうなものだが……あ、ここに鉄ばしごがついている」

どうやら、抜け穴の終点にきたらしい。さっきとおなじように縦穴がついていて、そこに一すじの鉄ばしごがかかっている。そして、穴の上から明るい光が……。

「文彦くん、気をつけたまえ。抜け穴の外になにが待ちかまえているかわからんからね」

「はい！」

金田一耕助がまず鉄ばしごに手をかけた。一歩おくれて文彦もあとにつづく。と、そのときだった。上のほうから聞こえてきたのは、きぬをさくようなあやしい悲鳴。それにつづいてドタバタと、床をふみぬくようなはげしい足音、その足音にまじって聞こえるのは、チャリン、チャリンと金属のふれあう物音。……それこそ、あの西洋よろいの身動きをする音ではないか。

黄金と炭素

金田一耕助はそれを聞くと、サルのように鉄ばしごをのぼっていった。縦穴を出ると、そこにはたたみが三畳しけるくらいの、せまい板の間になっていたが、壁のいっぽうが大きくひらいて、そこから隣のへやの光がパッと、さしこんでいるのだ。と、見ればそのへやのなかでもみあう二つの影、ひとりはさっきの西洋よろいなのだが、もうひとりは筋骨《きんこつ》たくましい大男である。

大男はいましも西洋よろいをいすに押しつけ、縄でぐるぐるしばっているところだった。西洋よろいはもう抵抗する勇気もうせたか、ぐったりとして、相手のなすがままにまかせている。金田一耕助はそれを見ると、

「なにをする！」

叫ぶとともにへやのなかへおどりこんだが、この声に、ハッとふりかえった大男は、金田一耕助のすがたを見るとにわかにかたわらのテーブルの上にあった、半リットルくらいのびんを手にとり、はっしとばかりに投げつけた。

びんは暖炉の角にあたって、木っぱみじんにくだけるとともに、なかからパッととび散ったのはなにやらえたいの知れぬ黒い粉末。

金田一耕助はたくみにその下をかいくぐると、

「なにをする！」

ふたたび叫んで、手にした懐中電燈を相手にたたきつけた。

相手もしかし、たくみにそれをさけると、猛然として耕助におどりかかってきたが、いや、その力の強いこと。耕助探偵はたちまち床の上に押し倒され、おまけにぐいぐいのどをしめつけられ、いまにも気が遠くなりそうになったが、そのとき抜け穴からとびだしてきたのが文彦である。このありさまを見ると、ポケットにあった黄金の小箱を、とっさのつぶてとして、はっしとばかりに大男にぶっつけた。

おどろいたのは大男だった。ギョッとしたように金田一耕助からはなれると、こちらにむかって身がまえたが、そのとたん、文彦もおどろいたが、相手のおどろきはそれよりもっとひどかった。

「ア、ア、ア、ア、ア……」

ああ、それは口のきけない牛丸青年ではないか。牛丸青年はしばらく、文彦と金田一耕助を見くらべていたが、

「ア、ア、ア、ア、ア……」

ふたたび奇妙な叫びをあげると、だっとのごとくへやからとびだしていった。そして、そのまま、家の外へ逃げだしてしまったのだ。

「やれやれ、おかげで助かった。もう少しでしめ殺されるところだったよ。おや？」

床の上に起きなおった金田一耕助が、ふと目をとめたのは黄金の小箱である。

「文彦くん、いま投げつけたのはこれかい」

「はい」

「きみはどうしてこんなものを持っているの」

文彦が返事をためらっているのを、あやしむようにながめながら、

「こりゃ、たいしたものだね。本物の金だよ。おや、この箱にも七宝《しっぽう》で、トランプのダイヤのもようがちりばめてあるね。ダイヤのあざにダイヤのキング、そしてこの小箱にもダイヤのもよう……」

金田一耕助はふしぎそうにつぶやきながら、へやのなかを見まわして、

「文彦くん、このへやに見覚えがある？」

「あります。大野老人の客間なんです。そして、そこんとこに西洋のよろいが立っていたんです」

「アッ、西洋のよろいといえば……」

気がついてふりかえると、西洋よろいはいすになかばしばられたまま、ぐったりとしている。どうやら気を失っているようすである。

「おい、しっかりしろ！」

金田一耕助と文彦は、つかつかとそばへ近寄り、かぶとをぬがせてやったが、そのとたん、ふたりとも思わず床からとびあがった。なんと、よろいのなかにいる人物は、文

彦とおなじ年ごろの少年ではないか。

「先生、こ、これは……」

「ふむ、こいつは意外だ。こいつがこんな子どもとは……とにかく、縄をといて、よろいをぬがせてやりたまえ」

ふたりは大急ぎで少年の縄をとき、よろいをぬがせてやったが、そのとたん、文彦はまたもや床からとびあがったのだった。

「ど、ど、どうした文彦くん」

「先生、こ、これを……」

文彦の指さしたのは、怪少年の右腕の内側だったが、なんとそこには文彦の、左腕にあるのとおなじ、ダイヤがたのあざが、うすモモ色にうかびあがっているではないか。

「ああ、ダイヤ……ここにもダイヤ……」

金田一耕助はくいいるように、その小さなあざをながめていたが、やがてハッと目をかがやかせると、暖炉のそばへ近寄って、一つまみの粉末をつまみあげた。それはさっき牛丸青年が投げつけた、びんのなかからとび散った粉末なのだ。

金田一耕助はその粉末を、くいいるように見つめていたが、やがて大きく息をはずませると、

「文彦くん、き、き、きみには、こ、これがなんだかわかるかい。こ、これは炭だよ。し、しかも、純粋な、なんのまざり気もない、炭素なんだよ」

金田一耕助は興奮にふるえる声でそういうと、まるでふかいふかいふちでものぞくような目の色をして、ジッと考えこんでしまった。

ふしぎな機械

「先生、この子はだれでしょう。どうしてよろいのなかにかくれていたんでしょう？」

「わからない。それはぼくにもわからない。とにかく、気を失っているようだから、そのソファーに寝かせておいて、気がつくのを待つことにしようじゃないか」

金田一耕助はおちついていた。いや、おちついているというよりも、なにかほかのことに、頭をなやましているらしいのだ。

「文彦くん、きみはこの家の地下室から、奇妙な音が聞こえてきたといったね。ひとつ、それを調べてみようじゃないか」

「先生、だいじょうぶでしょうか」

「だいじょうぶだよ。きみもきたまえ」

金田一耕助は怪少年のからだを、ソファーの上に寝かせると、文彦とともにへやを出た。それにしても、老人や香代子はどうしたのだろう。家のなかにはあかあかと、電燈がついているというのに、どこにも人影は見えないのである。

「先生、この家のひとたちは、いったい、どこへいったんでしょう？」

「逃げだしたんだよ。ダイヤのキングにおどかされて、どこかへ逃げてしまったんだ」

ふたりは家のなかをさがしまわったが、さいごに階段のそばまでくると、金田一耕助がふと立ちどまって、

「おや、こんなところに押しボタンが……」

なるほど、見れば階段のあがりぐちの手すりのかげに、よびりんの頭ぐらいの、小さな押しボタンがついている。金田一耕助がためしにそれを押してみると、目のまえの杉戸が、だしぬけに大きく回転して、そのあとにはまっ暗な穴。そして、その穴のなかには、地下室へおりていく、コンクリートの階段がついているではないか。

金田一耕助はたもとから、懐中電燈をとりだすと、文彦をしたがえて、用心ぶかく、その階段をおりていった。プーンとにおうカビくさいにおい。ふたりのしずかな足音さえも、ぶきみにあたりにこだまする……。

やがて、文彦の足は、かたいゆかにさわった。金田一耕助は、しばらく壁の上をさぐっていたが、やがて、スイッチをひねって、パッと電燈をつけた。青白い蛍光燈《けいこうとう》がくっきりとへやのようすを照らしだす。

そこは十六畳ぐらいの地下室で、壁も床も天じょうも、まっ白にぬられていた。

文彦は一目その地下室を見たとき、なんともいえぬみょうな気がした。

へやのまんなかには、一メートル立方くらいの大きさの、なんともえたいの知れぬ機械があるのだ。鉄の歯車やくさりが、ゴチャゴチャとからみあって、文彦がいままで、

見たこともないような機械だった。

そのほか、薬品戸だなや、ガラスの器具や、流しや、バーナーや試験管など、まるで、学校の理科の実験室のようである。

金田一耕助は目を光らせて、機械をのぞきこんでいたが、やがて台の上を指でこすると蛍光燈の光で、ジッとながめていた。

「先生、これはいったい、なんの機械でしょう?」

「文彦くん、きみはこの地下室から、みょうな音が聞こえてきた、といったね。それはきっと、この機械が動く音だったんだよ」

金田一耕助はむずかしい顔をして、

「くわしいことはぼくにもわからない。それにこの機械はこわれている。だれかがこわしていったんだ。しかし、ぼくにはこの機械が、炭素の精製機《せいせいき》、木炭などの粉末から、純粋の炭素を製造する機械としか思えない」

ああ、それにしても、純粋な炭素を製造して、いったいどうしようというのだろうか。

金田一耕助はまたしてもジッと考えこんだ。

怪少年の告白

それから間もなくふたりが、地下室から応接室へ帰ってくると、ちょうどいいぐあいに、少年が息をふきかえしているところだった。少年はふしぎそうにキョトキョトと、あたりを見まわしていたが、金田一耕助や文彦のすがたを見ると、キャッと叫んで、逃げだそうとした。

「だいじょうぶだ。なにもこわがることはない」

金田一耕助は少年のかたを押さえると、

「きみはいったいだれなの。どうして、よろいのなかなんかにかくれていたの」

見るとその子は目のクリクリとした、いかにもすばしっこそうな少年だったが、耕助にそうたずねられると、みるみるまっ青になって、

「おじさん、そ、それはいえません。それをいったら、ぼく、殺されてしまいます」

「殺される……？　は、は、は、バカな。いったいだれが、きみを殺そうというんだい」

「おばあさんです。黒マントを着た、魔法使いのようなおばあさんが……」

ふたりは思わず顔を見合わせた。

「きみ、なにも心配することはない。おじさんは警察のひとたちにも、たくさん知り合いがあるからね。きっときみを守ってあげる。だから、さあ、なにもかも話してごらん」

「おじさん、それ、ほんと？」

「ほんとだよ。きみ、このおじさんは金田一耕助といって、とてもえらい探偵なんだ

よ」

文彦がほこらしげにいうと、少年は目を光らせて、

「おじさん、ほんと？　すごいなあ。それじゃおじさん、ぼく、なにもかもいってしまうから、ぼくを助手にしてください」

「よしよし、きみはりこうそうな顔をしているから、きっと役に立つだろう。さあ、話してごらん」

「うん」

と、強くうなずいて、その少年の語るところによるとこうだった。

魔法使いのようなおばあさんは、その子を竹田文彦だといって連れてきたのだという。しかし、そのうそはすぐにばれてしまった。大野老人は右腕にあるあざを見ると、

「うそだ！　この子は文彦じゃない。文彦のあざは左の腕にあるはずだ！」

それを聞くとおばあさんは、しまったとばかりにつえをふりあげて、大野老人をなぐり倒した。そして老人が気を失っているあいだに、大急ぎでその子によろいを着せ、よくこの家を見張っているようにと命じて、あわててそこを立ち去ったというのである。

少年はそれからずっとよろいのなかから、あたりのようすをうかがっていたが、とうとう本物の文彦に、それを感づかれてしまった。文彦から注意をうけた香代子は、急いで家へ帰ってくると大野老人にそのことを耳打ちした。

少年はとうとう見つかってしまった。大野老人は少年をよろいごと、いすにしばりつ

けると、いろんなことをたずねたが、それからきゅうに大さわぎをして荷物をまとめて、自動車で逃げてしまったらしいのだ。

ところがそれから間もなくまた、魔法使いのようなおばあさんがやってきた。そして少年の見たこと、聞いたことを話させた。少年は本物の文彦がきたこと、金の小箱をもらっていったこと、さてはまた、文彦の住所まで話してしまった。おばあさんは縄をといてくれたが、もうしばらくそっとして、ようすを見ているようにといって、急いで出かけてしまったというのだった。

「ぼくはしばらく待っていましたが、なんだかこわくなってきたので、逃げだそうと思ったんです。しかし、あのよろいは、とてもひとりではぬげません。それでよろいごとこの家をぬけだして、ふうふう歩いているうちに、おじさんたちがやってきたので林のなかへ逃げこんだんです」

少年の話がおわると、金田一耕助はうなずいて、

「なるほど、みょうな話だね。しかし、きみは、どうしてそのおばあさんと知り合いになったの？」

「ぼくは上野で、くつみがきをしてたんです。何年もまえからずっとそんなことをしていたんです。ぼくの名、三太《さんた》というんです。するとある日、あのおばあさんがやってきて、まごが死んだからそのかわりに家へひきとって育ててやろうと、あそこへ連れていったんです」

「あそこって、どこだい？」

金田一耕助がそうたずねると、とたんに、少年の顔がまっ青になった。ブルブルからだをふるわせながら、

「いえません。それだけはいえません。あそこは地獄だ。地獄のようなところです。銀仮面……仮面の城……ああ、恐ろしい。それをしゃべったら、こんどこそ殺されてしまいます」

少年はそれきり口をつぐんでしまって、金田一耕助がどんなになだめてもすかしても、がんとして口をひらこうとはしなかった。

ああ、それにしても、いま少年の口走った銀仮面、仮面の城とはなんのことだろうか。

脅迫状

三太はかわいそうな少年だった。かれは自分の名まえも名字《みょうじ》も知らないのだ。道を歩いているときに車にはねられてしまい、ひどく頭をうって、それから自分がだれだか、忘れてしまったらしいのだ。おとうさんやおかあさんが、あるのかないのか、それさえわからなくなってしまったのである。仲間はかれを、三太だとか三公《さんこう》だとか呼んでいるが、それもかってにつけた名まえで、ほんとの名まえではない。

それを聞くと文彦は、たいそうこの少年に同情してしまった。金田一耕助もあわれに

思って、自分の家へ連れていくことになった。

「とにかく文彦くん、きみを先に送っていこう」

「でも、先生、そうすると電車がなくなって、おうちへ帰ることができなくなりますよ」

「なに、だいじょうぶだ。自動車もあるし……」

そこで金田一耕助は三太を連れて、文彦を送っていくことになったが、じっさい、夜はもうすっかりふけて、三人が文彦のうちのそばまで帰ってきたときには、もう十二時近くになっていた。むろん、どの家もピッタリしまって、電燈の光も見えない。月も西にかたむいて空には星が二つ三つ。

さて、文彦のうちへ帰るには、電車をおりてから、長い坂をのぼらねばならない。ところが、三人がその坂の途中まできたときだった。とつぜん、坂の上から自動車がもうれつな勢いでおりてきた。

その自動車のヘッドライトを頭から、あびせかけられた三人は、あわててみちばたにとびのいたが、すると、間もなくそばを走りすぎる自動車から、ヌーッと顔をだしたのは、ああなんということだろう。お能の面のようにツルツルとして、しかも、ギラギラ銀色にかがやく顔ではないか。

「アッ、銀仮面だ！」

叫ぶとともに三太少年、がばと地上にひれふしたが、そのとたん、ズドン！

自動車の窓から火を噴いて、一発のたまが、三太の頭の上をとんでいった。ああ、あぶない、あぶない、三太がぼんやり立っていたら一発のもとにうち殺されていたことだろう。

「ちくしょうッ！」

金田一耕助はバラバラとあとを追いかけたが、相手はなにしろフル・スピードで走っている自動車である。またたく間にそのかたちはやみのなかに消えてしまった。しかも、テールランプも消していたので、ナンバー・プレートを見ることもできなかったのだ。

金田一耕助はすぐにもよりの交番へかけつけ、身分をうちあけ大至急、怪自動車をとり押さえるよう、手配をしてもらった。それから文彦のほうをふりかえると、

「文彦くん、とにかくきみのうちへいこう。なんだか気になる。あの自動車はきみのうちのほうからやってきたぜ」

「せ、先生！」

文彦はガタガタふるえている。

「心配するな。三太、きみが銀仮面というのは、いまのやつのことかい？」

「そ、そうです。おじさん、あいつは、ぼ、ぼくを殺そうとしたのです」

これまた、まっ青になって、ガタガタふるえているのだ。

「ふむ、ヘッドライトの光で、きみのすがたを見つけたので、びっくりして、殺してし

まおうとしたんだな。とにかく急ごう」

大急ぎで坂をのぼって、文彦のうちのまえまでくると、お隣のおばさんが窓からのぞいて、

「まあ、文彦さん、どうなすったの、あなたおけがをしたんじゃなかったんですか？」

「おばさん、ぼ、ぼくがけがを……？」

「ええ、たったいまお使いのひとが、自動車で迎えにきたんですよ。成城のそばで電車がしょうとつして、あなたが大けがをなすったから、すぐきてくださいというので、おかあさまは、いま、その自動車にのって、とんでおいでになりました。あなたそこらで出会やァしなかった？」

ああ、それじゃいまの怪自動車におかあさんがのっていたのか……。

「せ、先生、先生！」

「だ、だいじょうぶだ、ふ、文彦くん。ああしておまわりさんに、手配をたのんでおいたから、きっと自動車はつかまる。おかあさんも助かる。だいじょうぶだ、だいじょうぶだ。お隣のおくさん、ありがとうございました。そしてその使いというのはどんな男でした？」

「黒めがねをかけた、まだ若いひとのようでしたよ。あれがそんな悪人なのかしら」

お隣のおくさんもおどおどしている。

文彦はなにげなく、郵便受けをあけてみた。いつもおかあさんはでかけるとき、カギ

だの、用を書いた紙などを、そこへほうりこんでいくのだ。

「せ、先生、こ、こんなものが……」

文彦がとりだしたのは、一通の封筒だった。裏にも表にもなにも書いてなくて、ただ、封じ目に赤いダイヤの形が一つ。

金田一耕助が封をきってみると、

竹田文彦よ。
もしきみがおかあさんを大事と思うなら、あすの夜十二時、吉祥寺《きちじょうじ》、井《い》の頭公園《かしらこうえん》、一本スギの下まで、黄金の小箱を持参せよ。もしこの命令にそむくとき、また、このことをひとにもらすときは、きみはふたたびおかあさんに会うことはできないだろう。
銀仮面

六つのダイヤ

「文彦くん、しっかりしなきゃだめだ。いまは泣いたり、わめいたりしているばあいじゃない。われわれは戦わねばならん。にくむべき銀仮面と戦わねばならん。そして、あいつを倒し、おかあさんを助けるのだ。文彦くん、しっかりしたまえ」

「先生、すみません。そうでした。泣いているばあいじゃありませんでした。ぼく、戦います。おかあさんのために戦います」

「おじさん、ぼ、ぼくも手伝います。ぼくもいっしょに、銀仮面と戦います」

三太もそばからことばをそえる。あれから間もなくうちへはいった三人は、こうしてたがいにはげまし合ったのである。

「よし、それじゃ三人力を合わせて、銀仮面と戦うのだ。食うか食われるか、文彦くん、三太、どんなことがあっても、途中で弱音をはいちゃいかんぜ」

文彦と三太は強く、強くうなずいた。金田一耕助はにっこり笑って、

「よし、それで話はきまった。さて、問題は金の箱だが、文彦くん、こうなったら、なにもかもうちあけてくれるだろう」

文彦は香代子とのあいだにとりかわした、三つの約束を思いだした。しかし、おかあさんにはかえられない。そこでいちぶしじゅうの話をすると、箱のあけかたまでうちあけた。

「なるほど、8・1・3だね。よし、あけて見たまえ」

8……1……3……。

ダイヤルをまわすごとにチーン、チーンと、すずしい音がした。そして、さいごの3に合わせたとたん、パチンとかすかな音がして、金のふたがあいた。

なかには白いま綿《わた》がギッチリと、すきまなくつめこんである。文彦はふるえる指で、

そのま綿をとりのぞいていったが、そのうちに、アッという叫び声が、三人のくちびるからいっせいにとんで出た。

ああ、なんということだろう。ま綿のなかには鶏卵《けいらん》くらいのダイヤが六個、さんぜんとしてかがやいているではないか。ああ、そのみごとさ、すばらしさ、赤に、青に、紫に、かがやきわたるまえには、黄金の箱さえみすぼらしいほどである。

「ああ、ダイヤだ。ダイヤだ。ダイヤモンドだ。しかも、これだけの大きさのものが、世界にいくつもあるはずがない。それがどうしてこの箱に……」

金田一耕助は、気がくるったような目つきをして、箱のなかをにらんでいる。

「せ、先生、こ、これは本物でしょうか？」

「本物だとも。にせものじゃ、とてもこれだけの光はでない」

「おじさん。いったいどのくらいの値うちがあるの？」

「三太、そ、それはむりだ。とても計算できるものじゃない。何十億か、何百億か……これだけの大きさのこれだけの粒のそろった、傷のないダイヤモンドは、世界にぜったいに類がないんだ」

金田一耕助が、気がくるいそうに思ったのもむりはなかった。

ダイヤモンドのような宝石類をはかるには、カラットという単位が使われるのだが、一カラットは〇・二グラム。これだけのダイヤなら、少なくとも二百カラットはあることだろう。

いままでに発見された、世界最大のダイヤモンドは、九七一カラットということになっているが、これは原石《げんせき》の大きさで、加工されたり、小さく切られたりするので、完成されたものとしては、英国王室に秘蔵される『山の光』の一〇六カラットが世界最大といわれているのだ。

一カラットでも、そうとう高い値段なのだから、それが、大きくなればなるほど、とんでもない値段になってくるのだ。金田一耕助がいま、何十億か何百億といったのも、けっしてうそではなかった。金田一耕助と文彦は、息をのんで箱のなかを見ていたが、そのときだった。三太がとつぜん、とんきょうな声をあげたのである。

「お、おじさん、こ、これじゃありませんか。このダイヤじゃありませんか」

三太が見つけたのは、畳の上に投げだしてあった夕刊だった。金田一耕助と文彦は、三太の指さすところを見て、おもわずアッと息をのみこんだ。

〝世界的大宝冠《だいほうかん》消ゆ！……怪盗、銀仮面のしわざ……時価数百億円、ナゾをつつむ六つのダイヤ……〟

そんなことばが六段ぬきの大見出し、大きな活字で書いてあるのだった。

三人は息をのんで、無言のまま、しばらくこの活字をにらんでいた。

大宝冠

〃世界的大宝冠消ゆ！……怪盗、銀仮面のしわざ……時価数百億円、ナゾをつつむ六つのダイヤ……〃

ああ、ひょっとするとこの事件と、文彦のもらった黄金の小箱とのあいだには、なにか関係があるのではあるまいか。

それはさておき、その夜は三人いっしょに、眠られぬ一夜をすごしたが、夜明けを待って金田一耕助が、文彦や三太を連れて、やってきたのは桜田門《さくらだもん》の警視庁。等々力《とどろき》警部に会いたいというと、すぐ応接室に通されて、待つ間ほどなくあらわれたのは、四十五、六歳の血色《けっしょく》のよい人物。それが等々力警部だった。

「やあ、金田一さん、しばらく。おやおや、きょうはみょうな連れといっしょですね」

警部はふしぎそうな顔をして、文彦と三太少年を見くらべている。金田一耕助はふたりを警部にひきあわせると、

「じつは、警部さん、きょうきたのはほかでもありません。銀仮面のことですがね」

と、金田一耕助が口をひらいたとたん、警部はひざをのりだして、

「金田一さん、そのことなら、こちらからご相談にあがろうと思っていたところです。いやもうたいへんふしぎな事件でしてね」

「そうらしいですね。新聞でひととおり読んではおりますが、どうでしょう。もう一度、くわしくお話しねがえませんか」

「いいですとも」

と、そこで警部が話しだしたのは、つぎのようなふしぎな事件だった。

日本でも指おりの宝石王といわれる、加藤宝作《かとうほうさく》老人のもとへ、世界的大宝冠をおゆずりしたいという手紙がまいこんだのは、四、五日まえのことだった。手紙のなかには、何枚かの写真がはいっていたが、その写真を一目見たとき、さすがの宝作老人も、思わずウームとうなってしまった。

そこにうつっているのは、世にも珍しい王冠だが、宝作老人がうなったのは、その王冠に感心したためではなかった。その王冠にちりばめられている、六つのダイヤの大きさなのである。

いままで世界で知られている、どんなダイヤだって、足もとにもおよばぬような大粒ダイヤ。もしも、これが本物とすれば世界に二つとない大宝冠なのだ。宝作老人はもうほしくてたまらなくなったが、それでも用心ぶかい老人のことだから、じぶんがでかけていくまえに、目のきいた支配人をさしむけた。

ところが、その支配人も、すっかりおどろいて帰ってきた。それはたしかに本物だったのである。あの大きさ、あのみごとさでは、うたがいもなく、何十億、何百億という値うちの品物だというのだ。

さあ、宝作老人はそれがほしくてたまらなくなった。全財産を投げだしても、それを手にいれたいと思いこんだのだ。しかし、それと同時に、宝作老人がふしぎでたまらなかったのは、その大宝冠の出どころだった。

宝作老人は専門家のことだから、世界的なダイヤはみんな知っている。どこにどんなダイヤがあるか、どこのダイヤはどのくらいの大きさか、そんなことを、すみからすみまで知っているのだ。しかしこんどのダイヤのようなものは、いままで一度もきいたことがなかった。だいいち、これだけ粒のそろった大きなダイヤは、まだ歴史にあらわれたことがなかったのである。

宝作老人はもう一度、じぶんの目でたしかめてみたいと思った。そこで、いろいろ交渉したあげく、支配人といっしょに、もう一度、大宝冠を見せてもらうことになり、先方の指定の場所へのりこんだが、それがきのうのことなのだった。

十二個のダイヤ

その場所というのは、新宿にある小さなホテルの一室だった。

先方の男というのは、背の低い、人相のよくない人物で黒めがねをかけているところが、いかにもうさんくさい感じがした。おまけになににおびえるのか、しじゅうびくびくしているところが、宝作老人にもいっそうあやしく思われた。名まえは細川吉雄《ほそかわよしお》といったが、これは本名かどうかわからない。

しかし、六個のダイヤは本物だった。宝作老人があらゆる知識をふりしぼって調べてみても、どうしても本物としか思えないのである。相手の話によると、その大宝冠は、エジプト王家に代々伝えられていたもので、あの有名なソロモン王の宝物だというのだが、これはあまりあてにならない。第一、黄金の台座の細工を見ても、つい近ごろ、つくられたものとしか思えないのだ。

しかし、ダイヤは本物だから、宝作老人はのどから手が出るほどほしくなった。そこで、いろいろな値段のかけひきがはじまったが、その途中で宝作老人は、黒めがねの男をそこに残して、支配人とふたりで、隣のへやへひきさがった。そして、あれやこれやと相談しているところへ、だしぬけに、隣のへやから聞こえてきたのが、恐ろしい男の悲鳴だったのだ。

宝作老人と支配人は、おどろいて、さかいのドアにとびついたが、ふしぎなことにそのドアには、むこうからカギがかかっていた。

それをむりにうちやぶって、なかへとびこんでみると、黒めがねの男が血まみれになって倒れている。見ると、背中に鋭い短刀がつっ立っており、むろん、息はない。

宝作老人はおどろいて、あたりを見まわしたが、さっきまで、テーブルの上にあった大宝冠が、影も形も見あたらない。

しかも、外にむかった窓があいているところを見ると、だれかがそこからしのびこみ、黒めがねの男を殺して、大宝冠をうばって逃げたにちがいないのだが、ふしぎなのは、黒めがねの男の背中につっ立っている短刀だった。それは細い、メスのような短刀なのだが、よく見ると、つばにあたるところに、みょうなものがつきさしてあった。

「それが、すなわち、これなんですがね」

語りおわって、警部がとりだして見せたものを見て、金田一耕助をはじめとして文彦も三太少年も、思わずアッと息をのみこんだ。

それは一枚のトランプ、ダイヤのポイント（1）なのだが、中央にグサッと穴があき、しかも、ぐっしょり血にぬれているではないか。三太と文彦は思わずふるえあがった。

「つまり黒めがねの男を殺すまえに、短刀でこのトランプをさしつらぬき、それでもって、グサッと黒めがねの男をさし殺したにちがいないのですが、それでは、なぜ、そんなみょうなまねをしたかというと、それについて思いだされるのは銀仮面のことです」

「銀仮面……」

金田一耕助はさぐるように、警部の顔を見ている。文彦と三太少年も、きんちょうして、息をのんでいた。

「そうです。金田一さん、あなたはお聞きになったことがありませんか。いまから十何年かまえに、香港に銀仮面という怪盗があらわれたことがあります。その正体は、いまにいたるもわかりませんが、いつも銀色に光るお面をかぶっていて、ねらうものといえば宝石ばかり。しかも、そいつがあらわれたあとには、きっとトランプのダイヤのふだが残っていたのです」

金田一耕助は文彦や三太少年と顔を見合わせた。警部はなおもこのことばをついで、

「それればかりではなく、銀仮面には仲間というか、子分というか、そういう連中がたくさんあったのですが、もし、それらの連中が、銀仮面の命令にそむいたり、裏切ったりすると、かならずダイヤのポイントがまいこむのです。そして、それから三日もたたぬうちにダイヤのポイントをもらったやつは、殺されてしまうのです。つまり、ダイヤのポイントは死刑の宣告もおなじなんですね」

「なるほど、すると、新宿のホテルで殺された黒めがねの男というのは、銀仮面の仲間のもので、銀仮面を裏切ったがために、殺されたということになるのですね」

「そうです、そうです」

「ところで、その事件の起こったのは、きのうの何時ごろのことでした？」

「だいたい、四時ごろのことでしたろう。宝作老人の知らせによって、われわれのかけつけたのが四時半ごろのことでしたから」

そうすると、六個のダイヤをちりばめた大宝冠は、きのうの四時ごろまで、新宿のホテルにあったことになる。文彦が大野老人から、黄金の小箱をもらったのも、やはりその時刻だから、おなじダイヤであるはずがない。

と、すれば世にも珍しい大粒ダイヤが、少なくとも十二個、近ごろ日本にあらわれたことになるが、いったい、それはどこから出たのか……。

金田一耕助はなんともいえぬ興奮を感じて、めったやたらと、もじゃもじゃ頭をかきまわしはじめた。

東都劇場の怪

等々力警部の話を聞きおわった金田一耕助は、こんどはかわってじぶんの口から、きのう文彦が経験した、ふしぎな話をして聞かせた。

それを聞くと、警部の顔はみるみるきんちょうして、

「なるほど、なるほど、それはふしぎな話ですな。そして、そのダイヤというのは……」

「これです」

文彦が黄金の小箱をだして見せると、警部はふたをひらいて、六個のダイヤを調べていたが、やがてウウムとうなると、

「なるほど、これはすばらしい。もしこれが本物とすればたいしたものですな。ところで、銀仮面のやつがこれを、おかあさんのかわりに、持ってこいというんですね」

「そうです、そうです。だから、警部さん。なんとかぶじに文彦くんのおかあさんを助けるよう手くばりをしていただけませんか」

「それはもちろん。そういう不幸なひとを保護するのが、われわれの役目ですからね」

警部はベルを鳴らして部下を呼ぶと、手短になにか命じていたが、やがて金田一耕助のほうへむきなおると、

「ところで、金田一さん、ここにちょっとおもしろいことがあるのです。ごらんください。これです」

警部が机のひきだしから、だして見せたのは、しわくちゃになった新聞だった。その新聞の広告面に、東都劇場の広告が出ているのだが、その広告のまわりには、赤鉛筆でわくがしてあるのみならず、きょうの日付けと、午後一時という時間まで、記入してあるではないか。

「警部さん、これは……」

「きのう新宿のホテルで殺された、黒めがねの男のポケットにはいっていたのですよ。黒めがねの男が、どうして東都劇場に興味をもっていたのか、また、きょうの午後一時に、そこでなにが起こるのか、ひとつでかけてみようと思うのだが、どうです、あなたがたもいっしょにいってみませんか」

もとより三人もいやではなかった。文彦はおかあさんのことが、気になってたまらないのだが、なにもしないでいると、いっそう不安がこみあげてくる。

そこで、警視庁で昼ごはんをごちそうになった三人は、警部の自動車にのせてもらって、東都劇場へ出むいた。等々力警部は、むろん、警部と見えないように、ふつうの洋服に着がえている。

さて、東都劇場というのは浅草にあり、五千人近くもはいる大劇場。いつも映画と実演の二本立てなのだが、ここの映画はふつうの映画館より、一週間早く封切りされるのだ。

そのとき東都劇場でやっていたのは、『深山《しんざん》の秘密』という山岳映画と少女歌劇。四人が一階の座席におさまったのは、そろそろ『深山の秘密』がはじまろうというところだった。

時計を見るとやがて一時。

金田一耕助と等々力警部は、ゆだんなく、あたりのようすに気をくばっている。文彦と三太少年も、まけずおとらず、目をさらのようにして、あたりを見まわした。なにかかわったことがあったら、われこそ、いちばんに見つけてやろうという意気ごみなのだ。

そのかわったことをいちばんに、発見したのは文彦だった。

「あっ、先生、警部さん、あそこに大野のおじさんが……」

「なに、大野老人が……ど、どこに？」

「ほら、二階のいちばんまえの席です。いすからのりだすようにしているのがおじさんです」

「アッ、そうだ、そうだ。大野老人だ」

三太少年も叫んだ。なるほど二階の最前列から、からだをのりだし、下を見おろしているのは、たしかに大野老人ではないか。

「よし、それじゃ金田一さん、二階へあがって、ようすを見ていようじゃありませんか」

一同が立ちあがったとき、場内の電燈がパッと消えて、いよいよ『深山の秘密』がはじまったが、四人はもうそれどころではなかった。いったん、外のろうかへ出ると、広い階段をのぼっていった。

そして二階へくると横手のドアをひらいて、客のいっぱいつまった席を、すばやく見まわしたが、すぐ老人は見つかった。大野老人は『深山の秘密』に、ひどく興味をもっているとみえて、くいいるようにスクリーンをながめている。

そのようすがただごとではないので、金田一耕助もはてなとばかりに、舞台のほうへ目をやったが、そのときだった。三太少年がいきなり、金田一耕助の腕をつかんで、

「あっ、せ、先生、か、仮面城です。……おお、銀仮面……」

「なに、仮面城……？　銀仮面……？」

見ると、スクリーンを見つめている三太の目は、いまにもとびだしそうなのだ。金田一耕助もハッとして、そのほうへ目をやったが、しかし、そのとき、スクリーンにうつっていたのは山道を走っていく大型バスのすがただけ。のこぎりの歯のようにそびえる山脈、木の間がくれにちらほら見える湖水の表、ススキや名もしれぬ秋草が、咲きみだれているほかには、かくべつかわったこともない。

「三太くん、どうしたのだ。どこに仮面城があるのだ。銀仮面はどこに……？」

だが、そのことばもおわらぬうちに、耳もつぶれるばかりの音響が、ダーンと二階のまえのほうから聞こえてきたかと思うと、まっかなほのおがメラメラと、燃えあがってきたからたまらない。五千人をいれるという、東都劇場のなかは、ワッと総立ちになった。

時刻はまさに一時かっきり。

救いをもとめる大野老人

さあ、それからあとの大さわぎは、いまさらここにのべるまでもあるまい。

「火事だ！　火事だ！」

と叫ぶ者があるかと思うと、

「爆弾だ！　爆弾が破裂《はれつ》したのだ！」

と、どなる声も聞こえた。そして、われがちにと、ドアのほうへ突進してくるのだから、その混雑といったらないのだ。

あとで調べたところによると、それはたしかに火薬が破裂したのだった。つまりだれかが火薬を持ちこんで、爆発させたにちがいないのだが、幸いほんの二つ三つ、いすを焼いただけで、火は消しとめられた。

しかし、こういうときの恐ろしさは、火事よりもむしろひとにあった。われがちにと

逃げまどうひとびとの群れに押しつぶされて、

「あれ、助けてえ！」

と、いう悲鳴が、あちらでもこちらでも聞こえてくる。そしてそういう悲鳴のために、ひとびとはいっそう逆上《ぎゃくじょう》して、ひとを押しのけ、ふみ倒し、われがちにと逃げまどうのだから、劇場のなかは上を下への大混雑。

この混雑にまきこまれて、文彦はいつかほかの三人と、はぐれてしまった。

「金田一先生……三太くん……」

呼べど叫べどこの混雑では、とても相手の耳にははいりそうもない。

文彦は押され押されて、二階の正面ろうかの片すみに押しやられたが、そのとき、

「アッ、文彦さん、文彦さん！」

と、女の声が聞こえたので、びっくりしてふりかえると、二、三メートルむこうへもまれもまれていくのは、まぎれもなく大野老人のひとり娘、香代子ではないか。

「アッ、香代子さん！」

文彦はひっしとなって、ひとなみをかきわけていったが、ちょうど幸い、そのとき火事は消しとめられたという、場内放送の声がいきわたったので、さわぎもいくらか下火になっていた。文彦はやっと香代子のそばへよると、

「香代子さん。きみもきていたの。そして、おとうさんはどうしたの？」

「それがわからないの。はじめのうちは手をつないでいたのだけれど、ひとに押されて、

いつかはなればなれになってしまって……」

　香代子はいまにも泣きだしそうな顔色である。

「香代子さん、さっきの物音ね。あのダーンという音。……あれ、きみたちのすわっていた席の、すぐそばじゃなかった？」

「ええ、そうなの。あたしたちのすぐうしろから、とつぜん、あの物音が起こって、火が燃えあがったのよ。それで、あたしたちびっくりして、立ちあがったんですの」

「香代子さん、きみはきょう、どうしてここへきたの。ここになにか用事があったの？」

「ええ、あの、それは……」

　香代子はなぜかことばをにごしてしまった。文彦はなんともいえない、もどかしさを感じないではいられなかった。香代子さえ、なにもかもいってくれれば、事件は早く片づくかもしれないのに……。

「香代子さん、正直にいってください。きみやきみのおとうさんはどうしてここへやってきたの。ねえ、どういう目的で……」

「だって、あたし、なにも知らないんですもの」

　文彦の視線をさけて、香代子は窓から外をのぞいたが、そのとたん、アッと叫んでとびあがった。

「アッ、おとうさんがあそこに……」

「なに、おじさんが……」

文彦も窓から下を見おろしたが、その目にまずうつったのは、ああ、なんということだ、あの魔法使いのようなおばあさんではないか。そして、そのおばあさんに腕をつかまれ救いをもとめるように上を見あげているのは、まぎれもなく大野老人なのだ。

「おとうさん、おとうさん！」

ふたりはひっしとなって叫んだが、その声が耳にはいったのかはいらないのか、大野老人はあの気味悪い老婆にひったてられて、みるみるひとごみのなかにかくれてしまった。

三太の冒険

文彦と香代子は、まっ青になって、窓のそばをはなれたが、そのとき、もうしばらく窓から下を見ていたら、もっとほかのことに気がついたのにちがいない。

大野老人と気味の悪い老婆のすがたがひとごみのなかに消えると間もなく、東都劇場の入り口から、サルのようにとびだした、ひとつの影があった。

三太なのだ。三太はちょっとあたりを見まわすと、サルのように身を丸め、ふたりのあとを追っていった。

それにしても、ふしぎなのは大野老人のそぶりである。恐怖のために顔がゆがみ、ひたいには汗がびっしょり。くちびるをわなわなとふるわせているのだが、それならば、なぜ声をあげて救いをもとめないのだろう。まだ日盛りの浅草だから、あたりにはいっぱいのひとだかり。声をだして助けをもとめれば、なんとかなりそうなものなのに、老人はまるで、おしになったようによろよろと、気味の悪い老婆にひったてられていくのだ。

　やがて、劇場から三百メートルほどはなれた町角へくると、そこには一台の自動車がとまっていた。気味の悪いおばあさんは、そのなかへいやがる大野老人を、むりやりに押しこむと、じぶんもあとからのりこんで、自動車はそのまま走りだした。

「しまった！」

　三太はじだんだふんでくやしがった。いかに三太がすばしこくても、自動車には追いつけない。うらめしそうに、走り去る自動車の、うしろすがたを見ていたが、そのときだった。一台の自動車がそばへとまると、

「よう、三太じゃないか、どうしたんだい」

　声をかけられてふりかえった三太は、運転手の顔を見ると、こおどりせんばかり喜んで、

「あ、吉本《よしもと》さん、ぼくをのっけてください。ぼく、いま、悪者を追っかけているんです」

「悪者……？」

　吉本運転手は目を丸くして、

「悪者って、いったい、ど、どこにいるんだ？」

「むこうへいく自動車です。あの自動車に悪者がのっているんです。吉本さん、ぼくをのっけてあの自動車を追跡してください」

「よし、それじゃ早くのれ」

　三太がのりこむと、すぐに自動車は出発した。

　吉本運転手というのは、三太がくつみがきをしていたじぶん、こころやすくなった青年なのだ。三太はむじゃきで、かわいい少年だから、だれにでも好かれるのだが、とりわけこの吉本運転手とはだいの仲よしだった。

「三太、きみはいったいどこにいたんだ。ぼくはきみのすがたが見えなくなったので、どんなに心配したか知れやしないぜ」

「すみません、ぼく悪者にだまされて……」

　と、手短に、その後のことを語って聞かせると、吉本運転手は目を丸くして、

「銀仮面といえば新聞にも出ていたが、三太はそんな悪者の仲間にされていたのかい？」

「うん、でも、ぼく、なにも知らなかったんです」

「そして、その銀仮面の仲間の者が、あの自動車にのっているというんだね」

「そうです、そうです。だから、吉本さん、あの自動車を見失わないようにしてくださ

い」

「よし、だいじょうぶだ」

こうして二台の自動車は、まるで一本のくさりでつながれたように、東京の町をぬって走っていくのだった。

怪汽船

隅田川のはるか下流、川の流れが東京湾にそそぐあたりに、越中島《えっちゅうじま》というところがある。

この越中島の、とあるさびしい岸ぺきに、三百トンほどの船が停泊していた。まっ黒にぬった船体に白くうきあがった文字を見ると、『宝石丸《ほうせきまる》』。

名まえを聞くと、どんな美しい船かと思われるが、見ると聞くとは大ちがいで、マストもえんとつも、なにからなにまでまっ黒にぬったところが、いかにも陰気で気味が悪いのだ。マストにはためく旗さえも黒の一色。

いまこの船のすぐそばへ、一台の自動車がきてとまった。なかからよたよたとおりてきたのは、いうまでもなくあの気味の悪い老婆である。

老婆は鋭い目で、あたりを見まわしたが、人影のないのを見すますと自動車のなかになにやら声をかけ、それから、右手をのばして、大野老人をひきずりだした。大野老人はまっ青になって、ガタガタとふるえている。それでいて、逃げだそうとも、声をだして、救いをもとめようともしないのだ。

老婆がなにか合図をすると、ふたりをのせてきた自動車は、すぐその場を立ち去った。そのあとで、老婆は二、三度、鋭く口笛を吹いた。

と、甲板からバラリとおりてきたのは縄ばしご。大野老人はしりごみしながら、それでもうしろから、気味の悪い老婆につつかれて、よろよろと、お酒に酔ったような足どりで、縄ばしごをのぼっていった。

老婆はもう一度、鋭い目であたりを見まわしたが、やがて縄ばしごに手をかけるとスルスルスル、とてもおばあさんとは思えないすばしっこさで、甲板までのぼると、そのままますがたを消してしまった。

あとはまた、ねむけをさそうようなま昼のしずけさ……。

と、このときだった。三百メートルほどはなれた町角のむこう側に、とまっていた自動車のなかから、ヒラリととびだした少年があった。いうまでもなく三太である。

「三太、三太、きみ、どうしようというんだ」

運転台から心配そうに声をかけたのは吉本青年。

「ぼく、あの船のようすを見てきます」

「およし、見つかるとあぶないから」

「だいじょうぶです。ぼく、変装をしていきます。きっとあの船が、悪者の東京におけるアジトにちがいないんだ」

「東京におけるアジト？」

吉本青年が聞きとがめて、

「それじゃ、悪者には、東京のほかにもアジトがあるのかい？」

「ええ、あるんです。仮面城……ずうっと山の奥です。ぼく、一度連れていかれたことがあるんです。でも、そこがどこだか、ぼくにはさっぱりわかりません。途中、ずっと目かくしをされてたもんですから。……でも、ぼく、さっきその仮面城を見たんです」

「さっき、その仮面城を見たあ？」

「ええ、映画のなかで見たんです。東都劇場でやっている『深山の秘密』という映画のなかに、ほんのちょっとだけど、仮面城がうつっています。でも、だれもそんなことは知らないんです。うつしたひとも、気がつかなかったにちがいないんです。でも、ぼくだけは知っているんです。あれこそ、恐ろしい銀仮面の根拠地《こんきょち》、仮面城にちがいないんです」

三太はそんなことをいいながら、しきりに道ばたのどろをとっては、顔や手足になすりつけていたが、やがて、

「吉本さん、どうですか？」

と、むきなおったすがたを見て、吉本運転手は思わず目を丸くした。

顔も手足もどろだらけになった三太は、こじきの子どもそっくりである。いやいや、三太はもともとそうなのだが、そうして目ばかりギョロギョロさせているところは、とても三太とは見えない。

「どうです、吉本さん、ぼくの変装もそうとうなもんでしょう」

と、白い歯をだしてニヤリと笑うと、

「それではちょっと、いってきます」

と、ボロボロのズボンに両手をつっこみ、口笛を吹きながら、ぶらりぶらりと怪汽船のほうへ近づいていった。

びんのなかの手紙

近よって、見れば見るほど気味悪いのがこの汽船だった。

どこからどこまでもまっ黒で、マストにひるがえる黒い旗、甲板には人影もなく、シーンとしずまりかえっているところは、まるでお葬式《そうしき》の船みたいである。川に群らがるカモメでさえも、この船のほとりには、気味悪がって、近寄らぬように見えた。

三太は軽く口笛を吹きながら、ぶらりぶらりと、船のそばを通りすぎたが、べつにかわったこともない。

三太はつまらなそうな顔をして、クルリとかかとをかえすと、あいかわらず、軽く口笛を吹きながら、船尾のほうへひきかえしてきたが、そのときだった。

ボシャンという物音とともに、水のなかへ投げこまれたものがあった。見ると牛乳のあきびんである。あきびんはそのまま流れもせず、いかりをつないだくさりのそばに、ぷかりぷかりとういているのだ。

三太はハッとして、あたりを見まわした。びんのなかになにやら白いものが、はいっていることに気づいたからである。

幸い、船の上にも岸ぺきにも、ひとのすがたは見あたらない。三太はすばやく上着、ズボンをとると、岸ぺきから身をすべらせ、音もなく、くさりのそばに泳ぎついた。そして、牛乳のびんをひろいあげると、また岸ぺきへ泳ぎ帰って、すばやく上へはいあがった。

それはひじょうに思いきった、だいたんな行動だったが、幸い、船の上ではだれもそれに気づいた者はなかった。

三太は手早くからだをふき、ズボンと上着を身につけると、牛乳のあきびんをポケットにしのばせ、小走りに、自動車のほうへ帰ってきた。

「どうした、どうした、三太、なにかあったのかい？」

「うん、変なものをひろってきたよ。ほら、このあきびん……なにかなかにはいっているんだ」

「どれどれ」

吉本運転手が手にとってみると、びんのなかにはハンカチのようなものがはいっている。しかも、そのハンカチにはまっかな文字で、なにやら書いてあるらしい。

吉本青年はあわててコルクのせんをこじあけると、なかからハンカチをとりだしてひらいて見たが、そのとたん三太も吉本青年も、アッと顔色をかえたのだった。


わたしは悪者につかまって、この船のなかにとじこめられています。このあきびんをひろったひとは、どうかこのことを警察へとどけてください。　竹田妙子

それはいたいたしい血の文字だった。たぶんヘヤーピンのさきに血をつけて、一字一字たんねんに書いたのだろうが、ところどころにじんだり、かすれたりしているのがいたましい。

三太はくちびるをふるわせて、

「吉本さん、吉本さん、たいへんです。これは文彦くんのおかあさんにちがいありません。文彦くんのおかあさんも、あの船のなかにとじこめられているのです」

「よし、三太、早く自動車にのれ。これからすぐに警察へいこう」

「いや、ちょっと待ってください。ぼくはここであの船を見張っています。吉本さん、あなたはこれからすぐに、浅草の東都劇場へひきかえして、等々力警部と金田一耕助先生に、このあきびんをわたしてください。きっとまだそこにいると思いますが、いなか

ったら警視庁へいってみてください」

「三太、三太、そんなことをいわずに……」

「いいえ、だいじょうぶです。吉本さん、早く……早くいってください」

吉本青年がいくら口をすっぱくしてすすめても、三太はがんとして聞きいれない。吉本青年はしかたなく、三太をひとりそこに残して、浅草へひきかえしたが、ああ、あとから思えば、吉本青年はむりやりにでも、三太を連れて帰ればよかったのだった。たったひとりあとに残ったがために、三太がそれからどのような冒険をしなければならなかったか……しかし、それはもっとあとでお話しすることにしよう。

宝石王

話かわって、こちらは東都劇場である。

気味悪い老婆にひかれていく、父のすがたを見た香代子は、狂気のように階段をおり、正面玄関からとびだしたが、そのときには、老人のすがたも老婆の影も、すでにひとごみのなかにまぎれてしまっていた……。

「おとうさま……おとうさまぁ……」

香代子はまるで血を吐くように、泣きつ、叫びつ、きちがいのようにひとごみをかきわけていった。あとからかけてきた文彦が、しっかりとその肩を抱きしめて、

「だめだ、だめだ、香代子さん、おちつかなきゃあだめじゃないか」

「だって、だって、文彦さん、おとうさんが悪者のためにさらわれてしまって……」

「だから、いっそうおちつかなきゃあいけないんだ。なおこのうえに、きみの身にまちがいがあったらどうするの。さあ、ひきかえして、金田一先生や等々力警部をさがそう」

「だって、だって……ああ、おとうさま……おとうさまぁ……」

むせび泣く香代子の手をひいて、東都劇場の表へひきかえしてくると、さわぎもあらかたおさまって、かけつけてきた警官が、手持ちぶさたらしく立っていた。

香代子は警部と耕助をさがしたが、すぐにふたりは見つかった。

「アッ、文彦くん、ぶじでいたか。きみのすがたが見えないので、けがでもしたんじゃないかと、どんなに心配したか知れないぜ」

金田一耕助のことばも聞かず、

「先生、たいへんです。このひとのおとうさんが悪者にさらわれたんです」

「このひとのおとうさん……？」

「そうです、そうです。このひとは大野のおじさんのお嬢さんで、香代子さんというのです。ほらきのうもお話ししたでしょう」

「おお、そ、それじゃ、大野老人が……」

金田一耕助は、ハッと警部と顔を見合わせた。

「そうです。そうです。おじさんを連れていったのは、魔法使いのようなおばあさんです。先生、おじさんを助けてあげてください」

「おじさま、おとうさまを助けて……」

香代子も涙をいっぱいうかべてたのみこんだ。

そこで警部はもう一度、ふたりに話をくりかえさせると、すぐに警官たちを呼びあつめて、付近を調べさせることになった。しかし、いまとなってどんなにその近所を調べたところでなんの役にも立ちそうもない。大野老人はそのころすでに自動車にのせられて、遠くへ連れ去られていたのだから。

それはさておき、等々力警部と金田一耕助、それから文彦と香代子の四人がひたいをあつめて相談しているところへ、

「おやおや、警部さん、なにかあったのですか」

と、声をかけた者があった。一同がびっくりしてふりかえると、そこに立っているのは、五十歳くらいの、白髪の、美しい、上品な老紳士だった。警部は目を丸くして、

「あ、あなたは加藤宝作老人……」

加藤宝作……と、名まえを聞いて金田一耕助は、思わず相手の顔を見なおした。

ああ、それではこのひとこそ、世界的な宝石王とうたわれた宝作老人なのか。そして、きのう新宿のホテルで、銀仮面のためにまんまと六個のダイヤをぬすまれたのは、この老紳士だったのか。なるほど、そういえば、宝石王の名にふさわしい、ふくぶくしい顔

をしている。

「加藤さん、あなたはどうしてこの劇場へ……」

警部があやしむようにたずねると、宝作老人は顔をしかめて、

「それについては警部さん、ちょっとみょうなことがあるんですよ。見てください。この手紙……」

宝作老人はポケットから、しわくちゃになった一通の手紙をとりだしたが、ちょうどそのころ、吉本青年の自動車は、東都劇場をめざして、まっしぐらに走っていたのだった。

それにしても、宝作老人のとり出した手紙には、どんなことが書いてあったのだろうか。

ダイヤの少女王

等々力警部は宝作老人のさしだした、手紙をうけとると、一同に読んで聞かせた。

「新聞で拝見しますと、ご所望の大宝冠を、賊の手にうばわれなすったそうで、まことにお気のどくに存じます。ところがみょうないきさつから、その大宝冠はわたしの手にはいりました。もしご入用ならば、おゆずりしてもよいと思います。本日午後三時、浅草の東都劇場の入り口までおいでください。くわしいお話は、いずれお目にかかって。

大野健蔵より、加藤宝作さま。……なるほど、この手紙をうけとったので、あなたはここへこられたんですね」

「そうです、そうです。それでわたしはさっきから、大野というひとをさがしているんです」

「金田一さん、あなたはこの手紙をどうお思いですか？」

警部にきかれて、金田一耕助は、ふしぎそうに小首をかしげた。

「変ですねえ。ぼくの考えはまちがっていたのかな。この手紙がほんとうだとすれば、大野老人は銀仮面の一味かも知れませんね」

「うそです。うそです、そんなことうそです」

言下にそれをうち消したのは香代子である。

「おとうさまが銀仮面の一味だなんて、そんな、そんな、そんなばかなことはありません」

香代子はくやしそうに、目に涙をうかべていた。等々力警部がそれをなだめて、

「お嬢さん、あなたはまだ子どもだから……」

「いいえ、いいえ、子どもでも、それくらいのことは知っていますわ。あの大宝冠は、もともと、あたしのうちからぬすまれたんです」

「な、な、なんですって！」

金田一耕助は顔色をかえて、

「そ、それじゃあれは、おとうさんのものだったの？　おとうさんは、しかし、あんな貴重なものをどこから手にいれたの？」

「ちっとも貴重じゃありません。あんなもの、いくらでもありますわ」

「いくらでもあるって！　あんな大きな、傷のない、りっぱなダイヤが！」

宝作老人もびっくりして、目を丸くしている。香代子は顔色もかえずに、

「ええ、ありますわ。おとうさんは、ここにいらっしゃる文彦さんにも、黄金の小箱をさしあげましたが、そのなかにも、大宝冠にちりばめてあったのと、おなじくらいの大きさのダイヤが、六つはいっていたはずなんです」

一同は思わずだまって顔を見合わせた。

ああ、この少女は気がくるったのではないだろうか。何十億、何百億という値うちのある宝石をまるで石ころみたいに思っているのだ。それともそこに、なにか大きな秘密があって、この少女こそ、西洋のおとぎ話にでてくるような、ダイヤモンドにうずまっている、小さな女王さまなのだろうか。

吉本運転手が、三太にたのまれて、東都劇場へかけつけてきたのはそのときだった。

吉本運転手は、すぐにもじゃもじゃ頭の金田一探偵を発見した。そして牛乳のあきびんと、血ぞめのハンカチをだしてわたすと、手短に、三太の冒険を報告した。

「な、な、なんだって！　そ、それじゃ越中島の怪汽船のなかに大野老人や文彦くんのおかあさんが……よし、け、警部さん！」

いうにはおよばぬと等々力警部は、大急ぎで自動車のしたくをさせると、

「加藤さん、あなたはあとで、もう一度、警視庁のほうへきてください。いずれ、ゆっくりご相談しましょう」

と、いうことばもいそがしく、宝作老人をひとり残して、一同ははや出発していた。越中島めざして、まっしぐらに……。

無線通信

話かわって、こちらは怪汽船、宝石丸である。

この宝石丸は大きさこそ、それほどではないが、船のなかにはりっぱな無電室があって、いま無電技師が一心ふらんに、どこからか、かかってきた無電を受信していた。

やがて、受信がおわると、無電技師はさっそく、ほんやくにかかった。どうやら無電は、暗号でかかってきたらしいのだ。

ところが、そのほんやくがすすむにしたがって、技師の顔には、しだいにおどろきの色がふかくなっていった。やがてほんやくがおわると、技師はそれをわしづかみにして、無電室からとびだした。

無電技師がやってきたのは船長室である。ノックする間も待てぬとみえて、技師はいきなりドアをひらいたが、そのとたん、おもわずアッと、その場に立ちすくんでしまっ

た。

それもそのはず、船長室には、大きなストーブがきってあるのだが、いま、そのストーブには、石炭の火がクワックワッと燃えている。そして、そのストーブの正面に、大野老人ががんじがらめに、いすにしばりつけられているのだが、その両足は、くつもくつ下もぬがされ、ズボンもひざのところまでまくりあげられているのだ。

しかも、そのいすのうしろに立っているのが、あの気味の悪い老婆なのだった。老婆は鋭い声でなにかいいながら、じりじりと、いすをストーブのほうへと押していった。そのたびに、大野老人は、苦しげなうめき声をあげながら、両足をバタバタさせるのだ。

わかった！　わかった！　この気味の悪い老婆は、こうして大野老人に、だいじな秘密を白状させようとしているのにちがいない。

ああ、なんという残酷さ。あと五十センチ、三十センチ、二十センチ……老婆がいすをまえに押せば、大野老人の両足は、いやでも、燃えさかるストーブの火のなかに、はいっていくのである。

無電技師がとびこんできたのは、ちょうどそのときだった。

「だれだ！」

老婆はびっくりして、いすのそばをはなれた。そのとたん、ガタンといすがうしろへずれて大野老人は、あの恐ろしい、火責めより助かった。

「なんだ、おまえか。なぜノックをしないのだ。むだんでとびこむやつがあるか！」

ああ、その声、それは老婆の声ではない。りっぱに男の声なのだ。それでは、この老婆というのは、男が変装していたのだろうか。

無電技師は、あまり恐ろしいその場のようすに、肝《きも》をつぶして立ちすくんでしまった。

老婆は気味悪くせせら笑って、

「あっはっは、なにをそのように、みょうな顔をしているのだ。こいつあまりごうじょうだから、ちっとばかり熱いめをさせてやろうと思っていたところだ。よく見ておけ、これが裏切り者にたいする、銀仮面さまのおしおきだ。おまえも裏切ったりすると……」

「あっ、その銀仮面さまです！」

無電技師が思いだしたように叫んだ。

「その銀仮面さまから、いま無電がかかってきたのです」

「なに、銀仮面さまから……、それをなぜ早くいわんか！」

老婆に化けた男は、ひったくるように、無電技師の手から、紙切れをとりあげたが、一目それを読むと、

「ちくしょう！」

と、叫んで歯ぎしりした。

それはつぎのような電報だったのだ。

宝石丸発見サル。金田一耕助、等々力警部ラ急行中。岸ペキニ小僧ヒトリカクレテイルハズ。ソイツヲトラエテ、タダチニ出帆、イツモノトコロニテ、船体ヲヌリカエ、名マエヲ銀星丸《ギンセイマル》トアラタメヨ。

銀仮面

宝石丸船長ドノ

ああ、それにしても銀仮面は、どうして金田一耕助や等々力警部が、越中島さして急いでいることや、また、岸ぺきに三太がかくれていることまで、知ることができたのだろうか。

牛丸青年

そんなこととは夢にも知らぬ、こちらは三太少年である。

金田一耕助がやってくるのを、いまかいまかと待ちながら、その目はゆだんなく、怪汽船宝石丸を見張っていた。

ところが、どうしたのか、だしぬけにえんとつから、黒い煙がもうもうと、あがりはじめたかと思うと、甲板の上では乗組員たちが、いそがしそうに、右往左往しはじめた。

「アッ、いけない。あの船は出帆しようとしている!」

三太はあわててあたりを見まわしたが、そのとき、ふと目にうつったのは、どうもうなつらがまえをした、マドロスふうの男だった。

「やい、小僧、きさまはそんなところでなにをしているんだ！」

われがねのような声をかけられ、三太はしまったと、心のなかで叫んだ。

そこで無言のまま、身をひるがえして逃げだしたが、するとそのときむこうから、やってきたのが、これまたどうもうな顔をした船乗りなのだ。しかもこいつは、左の目からひたいへかけて、恐ろしい傷がある。

「やい、小僧、どこへいく！」

傷の男は三太のまえに、大手をひろげて仁王《におう》立ちになった。

ああ、もうだめだ。ひきかえそうにもうしろからは、マドロスふうの男が、にやりにやりと笑いながら、近づいてくる。そして、まえにはこの傷の男。進退きわまったというのはまったくこのことだろう。

それでも三太はひっしになって、

「おじさん、どいてよ。ぼく、散歩してるんだ」

「なんだ、散歩だと。なまいきなことをいいやがる。よしよし、散歩をするならいいところへ連れてってやる。待ってろよ」

傷の男はポケットから平たい銀色のいれものをだした。そして、パチッとそれをひらくと、なかからとりだしたのは、グッショリぬれたハンカチだった。

三太はハッと危険を感じて、

「おじさん、かんにんして……！」と、身をひるがえして逃げようとしたが、その首すじをむんずととらえて、ひきもどした傷の男は、やにわにぬれたハンカチを、三太の鼻にあてがった。

「あ、あ、あ……！」

三太はちょっと、手足をバタバタさせたが、すぐに、ぐったりと気を失ってしまった。

「どうした、あにき、うまくいったか」

「さいくはりゅうりゅうよ。クロロホルムのききめに、まちがいがあってたまるもんか」

「よし、それじゃおれがかついでいこう。しかし、だれも見てやしなかったろうな」

「だれが見てるもんか。出帆だ。急ごうぜ」

三太をかついだふたりの男は、そのまま船のなかに、すがたを消して、やがて、あのいまわしい怪汽船、宝石丸は岸ぺきをはなれた。

だが、これらのようすを、だれ知る者もあるまいと思いのほか、さっきからできごとを、残らず見ていた者があった。

しかも、そのひとというのが、大野老人の助手、あの口のきけない牛丸青年なのだ。

牛丸青年も劇場から、大野老人のあとをつけ、さっきからものかげにかくれて、ようすをうかがっていたのだが、いままさに、船が岸ぺきをはなれようとするせつな、ものかげからとびだすと、パッといかりにとびついた。

いかりは水面をはなれると、ガラガラと、しだいに高くまきあげられていく。そのいかりに両足をかけ、ふとい鉄のくさりにすがりついた牛丸青年のすがたは、まるで船についたかざりかなにかのように見えた。

そんなこととは夢にも知らない、宝石丸の乗組員は、船をあやつりそのまま遠く、東京湾のかなたにすがたを消していった。

金田一耕助の一行が、かけつけてきたのは、それから間もなくのことだったが、そのじぶんには船体はおろか、船のはきだす煙さえも、もうそのへんには残っていなかったのだった。

文彦の秘密

金田一耕助や等々力警部が、じだんだふんでくやしがったことはいうまでもないが、それにもまして力をおとしたのは、文彦と香代子である。

ああ、その船には文彦のおかあさんと、香代子のおとうさんが、とらわれびととなってのっているのだ。そのいどころがやっとわかって、やれうれしやと思う間もなく、船はまた、ゆくえ知れずになったのだった。

「なあに、心配することはないさ。船の名もわかっているんだから、すぐ手配をしてつかまえてしまう。まあ、安心していなさい」

等々力警部は、文彦と香代子の肩をたたいて元気づけた。

「それにしても三太はどうしたろう。あいつもひょっとしたら悪者につかまえられたのじゃないでしょうか」

金田一耕助は心配そうな顔色だった。

一同は、それからすぐに、海上保安庁へかけつけて、怪汽船、宝石丸のゆくえをさがしてもらうようにたのみこんだ。

「さあ、こうしておけばだいじょうぶだ。あしたまでには船のゆくえもわかるよ。ああ、もうすっかり日が暮れたな。とにかくいちおう、警視庁へ帰ろうじゃありませんか」

そこで、一同が警視庁へひきあげてくると、そこには意外なひとが待っていた。それは文彦のおとうさんだった。

金田一耕助は、ゆうべ文彦のおかあさんがさらわれると、すぐに大阪の出張先へ電報をうっておいたのだが、おとうさんはそれを見て、大阪からひきあげてきたというわけなのである。

「ああ、おとうさん！」

「おお、文彦か。くわしいことは刑事さんたちから話をきいたが、おまえもさぞ心配したろう。ところで、金田一さん、等々力警部さん」

「はあ」

「いろいろお世話になりましたが、実はこんどのことについて、あなたがたにきいていただきたいことがあるのですが……」

なんとなく、文彦にえんりょがあるらしいおとうさんの顔色に、

「ああ、そう、それじゃどうぞこちらへ」

と、警部が案内したのは隣のへやだった。おとうさんは、金田一耕助と等々力警部の三人きりになると、やっと安心したように、

「お話というのはほかでもありません。実はあの文彦のことですが……」

「文彦くんのこと……？」

「そうです。こんなことはあの子に知らせたくないのですが、実は、あれはわたしどものほんとの子ではないのです」

「な、な、なんですって！」

金田一耕助も等々力警部も、思わず大きく目を見張った。

「そうです。あれは捨て子でした。香港のある公園でひろったのです。ちょうどそのころ、わたしたち夫婦は、子どもがなくて、さびしくてたまらなかったところですから、これこそ神さまからのさずかりものと、大喜びで、ひろって育ててきたのです。それがあの文彦です」

金田一耕助は等々力警部と顔を見合わせながら、

「それで、文彦くんのほんとうのおとうさんや、おかあさんは、ぜんぜんわからないの

ですか？」

「わかりません。ただ、赤ん坊をくるんであったマントの裏にローマ字で、オーノという名まえがぬいとってありました」

「オーノですって？」

金田一耕助はからだをのりだして、

「それじゃ、文彦くんにダイヤをくれた大野健蔵という老人が、ひょっとすると、文彦くんのおとうさんかも知れない……と、いうことになるんですか？」

「そうかも知れません。しかし、わたしにはただ一つ、気になることがあるんです」

「気になることというのは……？」

「ちょうど、文彦をひろったじぶんのことです。新聞に、香港を旅行中の、有名な日本の科学者がゆくえ不明になったという記事がでていたことがあるんです。ひょっとすると、当時香港をあらしていた、銀仮面という盗賊のしわざではないかということでしたが、たしかなことはわかりません。

ところで、その科学者の名まえですが、それが大野秀蔵《ひでぞう》博士というのです。しかもそのとき、博士のおくさんも、生まれたばかりの、まだ名もついていなかった赤ん坊も、いっしょに、ゆくえ不明になっているのです」

ああ、こうして、文彦にまつわる秘密のベールは、しだいにはがれていくのだった。

文彦の父

文彦はほんとうは、竹田家の子どもではなかったのだ。赤ん坊のころ、香港の公園でひろわれた捨て子だったのだ。そして前後の事情から考えると、文彦はそのじぶん、香港でゆくえ不明になった有名な科学者、大野秀蔵博士の子どもではないかと思われるのだ。

それでは、文彦のほんとうのおとうさん、大野秀蔵博士はどうしたのだろう。そのころのうわさによると、大野秀蔵博士は、怪盗銀仮面にゆうかいされたのだということだが、はたしていまでも生きているのだろうか。

それにしても恐ろしいやつは銀仮面だった。そのむかし、秀蔵博士をゆうかいしたばかりか、いままた、文彦の義理のおかあさんや、文彦にダイヤをくれた大野健蔵老人をゆうかいして、怪船『宝石丸』にのって、いずこともなく連れ去ってしまったのだ。ああ、ひょっとすると、その大野健蔵老人と、大野秀蔵博士とのあいだには、なにか関係があるのではないだろうか。

それはさておき、文彦のおとうさんから、文彦の秘密を聞いた金田一耕助と等々力警部は、すぐに香代子を呼びいれた。

「お嬢さん、あなたのお名まえは大野香代子ですが、ひょっとすると、十何年かまえに、香港でゆくえ不明になった大野秀蔵博士と、なにか関係があるのではありませんか?」

香代子はハッとしたように、一同の顔を見まわしたが、やがて低い声で、

「そうなのです。秀蔵博士は父の弟、つまりあたしのおじさんにあたるかたです」

「なるほど、そして文彦くんは、秀蔵博士の子どもさんなのですね」

香代子はまたハッとしたが、これいじょう、かくしてもむだだと思ったのか、

「そうでした。父は長いあいだ、文彦さんをさがしていましたが、近ごろやっと、竹田新一郎というかたに、育てられているということがわかったのです」

「すると、文彦くんはあなたのいとこですね。なぜ、いままでそれをかくしていたのですか」

「それは……」

香代子はためらいながら、

「文彦さんをじぶんの子として、育ててくださったいまのご両親に、無断でそんなこといっちゃ悪いと思ったのと、文彦さんが秀蔵博士の子どもとわかると、銀仮面のために、文彦さんがどのような恐ろしい目に、あわされるかも知れないと思ったからです」

「香代子さん」

そのとき、警部にかわって、そばから口をだしたのは金田一耕助だった。

「銀仮面はなにをねらっているのです。ダイヤですか。それともダイヤよりもっとたいせつなものをねらっているのじゃありませんか?」

それを聞くと、香代子はサッと、まっ青になった。金田一耕助はひざをのりだし、

「ねえ、香代子さん、あなたがたは、なぜそんなにビクビクするんです。なぜ、なにもかもうちあけて、警部の力をかりないんです」

「いいえ、いいえ、それはいけません」

香代子は恐怖にみちた声をはりあげて、

「おじさま、秀蔵博士はまだ生きていらっしゃるのです。銀仮面のために、どこかにとじこめられていらっしゃるのです。あたしたちが、うっかりしたことをしゃべったら、銀仮面は、おじさまを殺すというのです。だから……あたしたちはなにもいえないのです」

それを聞くと一同は、思わずギョッと顔を見合わせた。文彦のほんとうのおとうさんが生きている。十何年もの長いあいだ、銀仮面のために、どこかにとじこめられている。それはなんという恐ろしいことだろう。

「香代子さん、銀仮面とは何者です。いったいだれなんです」

「知りません、存じません。それを知っているくらいなら、こんな苦しみはいたしません。あいつはじつに恐ろしいひとです。あたしたちのすることは、いつもどこかで見ているのです。ひょっとすると、いまあたしがこんな話をしていることも、あいつは知っているかも知れません。ああ恐ろしい、銀仮面！」

香代子は両手で顔をおおうと、風のなかの枯れ葉のように、肩をぶるぶるふるわせた。

ああ、それにしても銀仮面とは何者か。そしてまた、さっき金田一耕助がいった、ダイヤよりもっとたいせつなものとは、いったいなんのことなのだろうか。

樹上の怪人

その夜の十二時ちょっとまえ、文彦はただひとり、さびしい井の頭公園の池のはたに立っていた。

きみたちも覚えているだろう。銀仮面はおかあさんを連れ去るとき、あすの晩十二時に、黄金の小箱を持って、井の頭公園へくるようにという手紙を、文彦の家のポストのなかへ投げこんでいったことを！

おかあさんが宝石丸にとらえられていることが、わかったいまとなっては、銀仮面がその約束を、守るかどうか、うたがわしいと思ったが、それでも、念のために、いってみたらよかろうという、金田一耕助の意見で、文彦はいま、黄金の小箱をポケットに、公園のなかに立っているのだった。

公園には金田一耕助と等々力警部、ほかに刑事がふたり、どこかにかくれているはずなのだが、文彦のところからは見えない。

空はうっすらと曇っていて、ほのぐらい井の頭公園は、まるで海の底か、墓地のなかのようなしずけさである。井の頭名物のひとかかえ、ふたかかえもあるような、スギの大木がニョキニョキと、曇った空にそびえているのが、まるでお化けがおどっているように見えるのだ。

文彦はそういうスギの大木にもたれかかって、さっきからしきりにからだをふるわせていた。こわいからだろうか。いや、そうではない。銀仮面が約束どおり、おかあさんを連れてきてくれるかどうかと考えると、きんちょうのためにからだがふるえてくるのだ。

おかあさん、おかあさん……。

文彦は心のなかで叫んだ。おかあさんさえ帰ってきてくれたら、ダイヤもいらない、小箱もいらない、なにもかも銀仮面にやってしまうのに……。

どこかで、ホーホーと鳴くさみしいフクロウの声。池のなかでボシャンとコイのはねる音。遠くのほうでひとしきり、けたたましくほえるイヌの声……だが、それもやんでしまうと、あとはまた墓場のようなしずけさにかわった。

文彦は腕にはめた夜光時計を見た。かっきり十二時。ああ、それなのに、銀仮面はまだあらわれない。だまされたのだろうか。

おかあさん、おかあさん……。

文彦はまた心のなかで叫んだが、そのときだった。風もないのにザワザワと、もたれているスギのこずえが鳴る音に、文彦はギョッとして、上を見たが、そのとたん、全身の血が、氷のようにひえていくのをおぼえたのである。

スギのこずえになにやらキラキラ光るもの……アッ、銀仮面だ。泣いているとも、笑ってるともわからない、ツルツルとしたあの白銀色のぶきみな仮面。

「うっふふ、うっふふ」

銀仮面のくちびるから、低い、いやらしい笑い声がもれてきた。

「小僧、よくきたな。いまそっちへおりていく」

銀仮面はまるでコウモリのように、長いマントのすそをひるがえすと、ヒラリとスギのこずえからとびおりた。文彦は思わず一歩うしろへあとずさりした。

ああ、恐ろしい。その銀仮面がいま、文彦の前に立っているのだ。ピンと一文字につばの張った、山の低い帽子の下に、あのいやらしい銀の仮面が、にやにや笑いをしている。そして、からだはスッポリと、長いマントでくるんでいるのである。

「うっふふ、うっふふ、小僧、なにもこわがることはないぞ。約束さえ守れば、わしは悪いことはせん。小箱を持ってきただろうな」

「は、はい、ここに持っています」

文彦はポケットをたたいて見せた。

「それをこっちへよこせ」

「いやです」

「なんだ、いやだと?」

「おかあさんを、先にかえしてくれなければいやです。おかあさんはどこにいるんです」

それを聞くと銀仮面の仮面の奥で、二つの目が、鬼火のように気味悪く光った。

消えた銀仮面

ちょうどそのころ金田一耕助は、文彦から三百メートルほどはなれた、草むらのなかにかくれていた。

金田一耕助ばかりではない。等々力警部やふたりの刑事も、文彦をとりまく位置に、めいめい三百メートルほどはなれたところにかくれているのだ。だから、銀仮面がどの方角からくるとしても、だれかの目にふれずにはいられない。銀仮面のすがたを見たら、いったんやりすごしておいて、あとでそっと知らせ合うことになっているのだ。

それにもかかわらず、いまもってどこからも合図のないのはどうしたことか。時計を見ると十二時三分。金田一耕助はしだいに不安がこみあげてきたが、そのときだった。

「だれかきてくださーい。銀仮面です!」

たまげるような文彦の声。金田一耕助はそれを聞くと、イナゴのように草むらからとびだし文彦のほうへいっさんにかけていったが、するとそのとき、むこうのスギの木かげから、パッととびだしてきたのは銀仮面。

銀仮面は耕助のすがたを見ると、クルリと身をひるがえし、左手の丘をかけのぼっていく。

しめた、その丘の上には、等々力警部が見張りをしているはずなのだ。

「警部さん、警部さん、銀仮面がそっちへ逃げましたぞ！」

金田一耕助も丘の小道へかかったが、そこへやってきたのは文彦である。

「あ、金田一先生！」

「おお、文彦くん、きみもきたまえ！」

ふたりが丘を半分ほどのぼったときだった。丘の上からピストルをうちあう音。金田一耕助と文彦は、ギョッとして顔を見合わせたが、すぐまた、すばやく坂をかけのぼった。

「吉井くん、村上くん、銀仮面がそっちへいくぞ！」

丘の上から等々力警部の声。吉井、村上というのは見張りの刑事なのだ。金田一耕助と文彦はその声をたよりに、曲がりくねった坂道をのぼっていったが、ふいに文彦が、なにかにすべってよろけてしまった。

「文彦くん、どうした、どうした？」

文彦は懐中電燈で足元を照らして見て、

「アッ、先生、こんなところに血が……」

見れば道の上にべっとりと、血がこぼれているのだ。金田一耕助と文彦は、おもわず顔を見合わせた。

「先生、銀仮面はけがをしたのですね」

「そうらしい、警部のたまがあたったのだろう。この血のあとを伝っていこう」

しかし、そこはひざもうまるほどの草むらなので、血のあとはすぐに見えなくなってしまった。その広い草むらには、あっちに二本、こっちに三本と、スギの大木がまもののように、暗い夜空にそびえている。

ふたりがその草むらをわけていくと、またピストルをうちあう音。ふたりが顔をあげて見ると銀仮面が草をわけてよろよろと、こっちのほうへやってきた。そしてその三方からじりじりとせまってくるのは、等々力警部にふたりの刑事。金田一耕助もそれを見ると、警部にかりたピストルをとりだした。

ああ、もうこうなれば銀仮面は、袋のなかのネズミもおなじことである。

銀仮面はそれでもまだ、降参しようとはせず、あちらのスギ、こちらのスギと、たくみに身をさけながら、逃げられるだけ、逃げようとするようだ。それをとりまく五人の輪は、銀仮面を中心に、しだいにせばめられていった。

と、ふいに身をひるがえした銀仮面は、また一本のスギの木かげにかくれた。そのスギの木というのは、地上三メートルほどの高さで切られた切り株だが、太さといったら、二かかえ以上もあろうというしろものである。

五秒――十秒――、銀仮面は切り株のかげにかくれたまますがたを見せない。その切り株をとりまいて、四方からじりじりとせまっていくのは警部や刑事や金田一耕助。とうとう一同は、ほとんど同時に、切り株のそばへたどりついたが、そのとたん、キツネにつままれたように顔を見合わせた。

ああ、なんということだろう。銀仮面のすがたはどこにも見えなくなっていたのだった。

窓にうつる影

「そんなはずはない。そんなばかなことはない。あいつだって血と肉でできた人間なんです。煙のように消えるなんて、そんなばかな……！」

一同があっけにとられてポカンとしているとき、そう叫んだのは金田一耕助である。怒りにみちた声だった。

「どこかにかくれているんです。さがしましょう。もっとよくさがすんです」

しかし、いったいどこをさがせばいいのか。五人の人間が五人とも銀仮面がこの切り株の陰へはいるところを見たのである。しかもだれひとり、そこから出るところを見た者はいない。銀仮面はこの切り株のなかへ吸いこまれたのだろうか。

そうだ。銀仮面は切り株のなかへ吸いこまれたのだ。それを発見したのは文彦だった。

「アッ、先生、この切り株はうつろですよ。そして、こんなところに血が……！」

「な、なんだって！」

一同がびっくりしてふりかえると、文彦は懐中電燈で、切り株の幹を照らしていた。

その切り株というのは、しめ縄が張ってあり、一面にツタの葉でおおわれているのだが、縦《たて》にひとすじさけ目があって、そのさけ目にべっとりと血がついている。まるで、そこからけが人が、なかへ吸いこまれていったように……。

金田一耕助がびっくりして、切り株をたたいてみると、はたしてポンポンとつづみのような音がした。等々力警部はツタの葉をかきわけて、切り株のはだをなでていたが、

「ああ、ここにちょうつがいがある！」

なるほど、縦にならんだちょうつがいをたくみにツタの葉でかくしてあるのだ。

「わかった、わかった、警部さん、この切り株はうつろになっていて、木の皮がドアになっているのです。どこかにとっては……？」

そのとってもすぐに見つかった。切り株の幹の、地上一メートルばかりのところに、大きなこぶがあったが、それをにぎって力まかせにひっぱると、木の皮がドアのようにパックリひらいて、なかからサッと、冷たい風が吹きあげてきた。

のぞいて見ると、なかはうつろになっているばかりではなく、地の底にむかって、まっ暗な縦穴がついているのだ。一同はおもわず顔を見合わせた。

「わかりました、警部さん。こういう秘密の抜け穴があるからこそ、あいつは今夜の会見を、井の頭と指定してきたんです。さあ、ひとつなかへもぐってみましょう」

金田一耕助は、はかまのすそをたくしあげると、ピストル片手に、いちばんにその穴

へもぐりこんだ。それにつづいて等々力警部、文彦、それからふたりの刑事がつぎつぎと、縦穴へもぐりこむ。

その穴はやっと人ひとり、もぐれるほどの広さしかなかったが、それでもちゃんと、鉄のはしごがついていた。その鉄ばしごをおりていくと、ふかさは思ったほどもなく、間もなく横穴にぶつかった。

その横穴をはいっていきながら、文彦は、成城の大野老人の家にも、これとおなじような抜け穴のあったことを思いだし、なんともいえぬほど、ふしぎな感じをいだいた。

先頭をはっていく金田一耕助は、片手にピストル、片手に懐中電燈をかざしながら、

「警部さん、銀仮面はたしかにこの抜け穴を伝って逃げたにちがいありませんよ。点々として血がつづいていています」

その抜け穴をはっていくこと三百メートルあまり、間もなくゆく手がほんのり明るくなってきた。どうやら穴のいっぽうの入り口へ、近づいてきたらしい。

「みなさんはここに待っていてください。ぼく、ちょっとようすを見てきます」

金田一耕助は懐中電燈をたもとへしまい、ピストル片手に、入り口まではっていったが、そこはがけの中腹になっており、がけの下にはりっぱな洋館がたっている。そして、洋館の二階の窓の一つには、あかあかと電燈の光がさしているのだが、金田一耕助が穴の入り口から顔をだしたとたん、その窓のカーテンに、くっきりとうつしだされたのは、ああ、なんと銀仮面の影ではないか。

「アッ、銀仮面？」

金田一耕助が息をのんだせつな、銀仮面の持っているピストルが、ズドンと火を噴いたかと思うと、

「人殺しだア、助けてえ！」

と、叫ぶ声とともに電燈が消えて、窓はまっ暗になった。あとは墓場のしずけさである。

ああ、それにしてもこれはだれの家だろうか。そして、救いを呼ぶ声はいったいだれなのだろうか。

意外なけが人

金田一耕助はピストルの音を聞くと同時に、抜け穴からとびだし、がけをすべりおりていった。抜け穴のなかに待っていた文彦や等々力警部、さてはふたりの刑事たちも、大急ぎでそのあとからつづく。

庭をつっきっていくと、すぐ目のまえに勝手口。ドアがあいているので、金田一耕助がまっさきにとびこむと、家のなかはまっ暗だったが、懐中電燈の光をたよりに、すぐ階段のありかを発見した。

「警部さん、きてください。こちらです」

金田一耕助を先頭にたて、一同がまっ暗な階段をのぼっていくと、ろうかの左手に大きなドア。銀仮面の影がうつっていたのは、たしかにこのへやにちがいない。

一同がドアのまえにたたずんで、耳をすますと、なかから聞こえてくるのは苦しそうなうめき声。金田一耕助はそれを聞くと、ドアをひらいて、壁の傍《そば》のスイッチをひねった。と、パッと電燈がついたが、そのとたん、一同はおもわずアッと立ちすくんだ。

そこは寝室になっているらしく、へやのすみにりっぱなベッドがあったが、そのベッドの下にパジャマを着た老人があけに染まっているのだ。

金田一耕助はそれを見ると、つかつかとそばへより、老人のからだを起こしたが、その顔を一目見るなり、

「アッ、こ、こ、これは……!」

と、びっくりしておもわずどもってしまった。

「き、金田一さん、ど、どうかしましたか?」

等々力警部もつりこまれて、おもわずおなじようにどもった。

「警部さん、見てください、このひとの顔を……あなたも知っているひとですよ」

耕助のことばに文彦も、警部のあとからこわごわ老人の顔をのぞきこんだが、そのとたん、世にも意外な感じにうたれたのである。

「あ、金田一さん、こ、こりゃ宝石王の、加藤宝作さんじゃありませんか?」

警部のおどろいたのもむりはない。いかにもそれは日本一の宝石王といわれる、加藤

宝作老人なのだった。

　宝作老人は左の肩をうたれたと見え、パジャマにピストルの穴があき、ぐっしょりと血に染まっている。そして、たぶん出血のためだろう、気を失って、おりおりくちびるからもれるのは、苦しそうなうめき声ばかり。

「ああ、きみ、きみ、きみ……！」

　金田一耕助は気がついたように、刑事のほうをふりかえり、

「医者を、早く、早く……！」

　言下《げんか》に刑事のひとりがとびだそうとするのを、あとから等々力警部が呼びとめて、

「ああ、それから応援の警官を呼んでくれたまえ。銀仮面のやつ、まだそのへんにまごまごしているかもしれないから……」

　それから、警部は耕助のほうをふりかえり、

「金田一さん、宝作老人をうったのは、やっぱり銀仮面のやつでしょうな」

　金田一耕助はちょっとためらって、

「そうかも知れません、いや、きっとそうでしょう。ぼくはその窓に、銀仮面のすがたがうつっているのを見ました。それからあいつがピストルをぶっぱなすのを……」

　だが、そうはいうものの、金田一耕助のその声に、なんとなく熱心さがかけているようにに思えたので、文彦はふしぎそうに顔を見なおしたのだった。

雑木林のなか

幸い、お医者さんがすぐきてくれたので、宝作老人はそれにまかせて、金田一耕助と等々力警部は、家のまわりを調べることになった。文彦と刑事のひとりも、ふたりについてろうかへ出た。

見ると、ろうかのつきあたりに、ベランダがあるのだが、そのベランダの戸があけっぱなしになっていて、そこからあわい月かげがさしこんでいる。そばへよると、庭からはしごがかけてあった。

「銀仮面のやつ、ここからしのびこんだんですね」

等々力警部はそういって、まっさきにはしごをおりようとしたが、

「ああ、ちょっと待ってください」

なにを思ったか、それをひきとめた金田一耕助、懐中電燈ではしごを調べていたが、やがてみずから先に立って、一段一段、注意ぶかくおりていった。

そして、庭へおりたつと、なおもそのへんを、懐中電燈で調べていたが、やがてあとからおりてきた、等々力警部をふりかえると、

「どうもふしぎですね、警部さん」

「なにがですか、金田一さん」

「だって、あのはしごにも、このへんにも、どこにも血のあとが見えないのはどうしたのでしょう」

「なるほど、へんですね」

そして、そのとき金田一耕助の顔色が、なんとなく曇っているのを、文彦はふしぎそうに見ていた。

「それから警部さん、もう一つふしぎなことがありますよ」

「なんですか、金田一さん」

「これだけ大きい洋館に、加藤宝作老人ひとりだけということはないでしょう。だれか使用人がいるはずです。その使用人はいったいどうしたのでしょう」

「ああ、それはわたしもさっきから、ふしぎに思っていたところです。ひとつ家のなかを調べてみましょうか」

警部がふりかえったときだった。家のなかからもうひとりの刑事が出てきた。

「警部さん、家のなかにはだれもいませんよ」

「だれもいない……？」

「ええ、でも、ついさっきまで、だれかいたことはたしかです。使用人べやに寝どこがしいてあるのですが、その寝どこにまだぬくもりが残っています」

それを聞くと金田一耕助と等々力警部は、おもわずギョッとして顔を見合わせた。

ああ、その使用人はどうしたのだろう。ひょっとすると、銀仮面に連れられて、どこかで殺されてしまったのではあるまいか……。

一同がなんともいえぬ不安な思いに、顔を見合わせて立ちすくんでいるとき、だしぬけに、やみのなかから聞こえてきたのは、ズドンというピストルの音。

「アッ、なんだ、あれは……！」

警部が叫んだときだった。またもや、ズドン、ズドンとピストルをぶっぱなす音。あまり遠くではない。

「警部さん、いってみましょう！」

金田一耕助は、はや、はかまのすそをふりみだして走っていく。等々力警部と文彦、それから、ふたりの刑事もそれについて走りだした。

洋館を出るとすぐ左側にかなり広い雑木林がある。その雑木林のなかから、またもやズドンと、ピストルの音が聞こえてきた。

「だれだ！　そこにいるのは……？」

警部もきっとピストルを身がまえた。

「アッ、警部さん、早くきてください。あそこに、銀仮面がいるんです」

それは電話で呼びよせられた応援の警官だった。

「なに、銀仮面がいる？」

一同はなだれをうって雑木林へとびこむと、

「どこだ、どこだ、銀仮面は？」

「ほら、あそこです。あそこに立っています」

警官の指さすほうを見て、一同はおもわずギョッと息をのみこんだ。

なるほど、五、六メートルむこうの草のなかに、ゆうぜんと立っているのは、まぎれもなく銀仮面ではないか。

林をもれる月光に、あの気味悪い銀仮面を光らせて、しかもその仮面の下からもれてくるのはなんともいえぬぶきみな声。

「く、く、く、く、く……」

泣いているのか、笑っているのか、その声を聞いたせつな、文彦は全身の毛という毛がさかだつ思いがしたのだった。

動かぬ銀仮面

「銀仮面、おとなしくしろ！」

等々力警部が叫んだ。そして、おどしのために空にむかって、ピストルを一発ぶっぱなすと、

「銀仮面、こちらへ出てこい！」

しかし、銀仮面は身動きをしようともしない。あいかわらず、

「く、く、く、く、く……」

と、ぶきみな声をたてるばかりである。

「おのれ、いうことをきかぬと……」

警部はピストルを身がまえたが、

「アッ、警部さん、ちょっと待ってください」

あわててそれを押しとめた金田一耕助、ひざをも没する雑草をかきわけて、銀仮面のほうへ走っていった。

「アッ、金田一さん、あぶない！」

警部がうしろから叫んだが、金田一耕助は耳にもいれず、相手のそばへかけよると、あのつばの広い帽子をパッととり、それから銀仮面をはずしたが、そのとたん、こちらから見ていた一同は、おもわずアッと手に汗をにぎった。

口をきかないのもむりはない。その男はさるぐつわをはめられているのだ。また、身動きをしないのもどうり、その男はスギの大木にしばりつけられていたのである。

「いったい、ど、どうしたのだ。おまえはいったいだれだ？」

近づいてきた一同が、よってたかって、さるぐつわをとり、縄をといてやると、その男は恐怖に顔をひきつらせて、くたくたと草のなかへくずおれると、

「わたしは……わたしはなにも知りません。ピストルの音と、だれかが救いを呼ぶ声に、目をさましてとび起きたところへ、銀仮面がやってきて……ピストルでおどされ、ここまで連れてこられ、ここにしばりつけられて、さるぐつわをはめられたのです」

なるほど、そういえばその男は、まだ若い男だったが、ねまきを着たままで、スギの大木にしばりつけられ、その上に銀仮面のマントを、かぶせられていたのだった。

「いったい、きみはだれだ。あの洋館の者か？」

「そうです、使用人の井口《いぐち》というのです」

そこでまた、井口はきゅうに恐ろしそうな声をあげると、

「ご主人はどうしました。たしかにご主人の救いをもとめる声が聞こえましたが……」

「ご主人というのは、加藤宝作老人のことですか？」

金田一耕助がたずねた。

「そうです、そうです」

「すると、あのうちは宝作老人のうちですね」

「そうです。近ごろ買って、引っ越してきたばかりです」

「近ごろ買って……そしてまえの持ち主はなんというひとですか？」

「知りません。わたしは知りません。ご主人はむろん知っていらっしゃるでしょうが……」

「よし、それじゃ警部さん、うちへひきかえしましょう」

「いや、それより銀仮面はどうしたのだ。おい、きみ、銀仮面はきみをしばりつけて、どっちの方面へ逃げたんだ！」

「知りません。わたしは仮面をかぶらされてしまったのですから」

「しかし、きみはあいつの顔を見たのだろう。仮面をはずしたとき……いったいどんなやつだった？」

「さあ……？」

使用人の井口は首をかしげて、

「暗くてよくわからなかったのですが、まだ若い男のようでした。三十二、三歳の……」

「よし、それじゃきみたち」

等々力警部は刑事や警官たちをふりかえり、

「銀仮面のゆくえをさがしてみろ。あいつはふつうの洋服すがたになって逃げだしたのだが、けがをしているから目印はある。それをたよりにさがしてみろ。わかったか！」

「はっ、承知しました」

刑事や警官がバラバラと、暗い夜道を散っていったあと、使用人の井口をひき連れて、もとの洋館へ帰ってみると、加藤宝作老人は医者のかいほうで、ようやく正気にかえったところだった。

地下道の足音

「アッ、警部さん、金田一さん、あなたがたはどうしてここへ……？」

ベッドの上で、ほうたいまみれになった宝作老人は、一同の顔を見ると、びっくりしたように目を見張った。

「加藤さん」

警部は相手をいたわるような目つきで、

「とんだ災難でしたね。しかし、どうしてこんなことになったのです。銀仮面はいったい、なにをねらってここへきたんですか？」

「ああ、それじゃ、あれはやっぱり銀仮面だったのですか」

「そうです。金田一さんはあいつの影が、その窓にうつっているのを見たのです」

「そうですよ。とっさのことで、わたしにはよくわからなかったのだが……」

宝作老人は気味悪そうに身ぶるいをすると、

「わたしは今夜、早くからベッドへはいって寝たのです。いつもは支配人もうちにいるのですが、二、三日旅行しているので、いまはわたしと使用人の井口ふたりしかおりません。それで戸じまりにいっそう気をつけて、十時ごろに電燈を消して寝たのです。すると……」

「すると……？」

「何時ごろでしたか、よく寝ていたのでわかりませんが、なにやらガタガタいう音で目がさめました。そこで電燈をつけたのですが、すると、とつぜんその押し入れのなかから、あいつがとびだしてきたんです」

「押し入れのなかから……？」

金田一耕助がたずねた。

「そうです、そうです。それでわたしがびっくりして、声をたてようとすると、いきなりそいつがピストルをぶっぱなして……それきりあとのことは覚えておりません」

「加藤さん」

金田一耕助はきっと相手の顔を見守りながら、

「このうちは、あなたがお買いになるまえは、いったいだれのうちだったのですか？」

「ええ……と、わたしは仲介者《ちゅうかいしゃ》から買ったのですが……そうそう、たしかまえの持ち主は、大野……大野健蔵というひとでした」

金田一耕助と文彦は、それを聞くとハッと顔を見合わせたが、つぎの瞬間、耕助は身をひるがえして、押し入れのまえにとんでいくと、パッとドアをひらいた。

引っ越してきたばかりのこととて、押し入れのなかはからっぽである。金田一耕助は懐中電燈で、押し入れのなかを調べていたが、すぐ右側のかべに、小さなかくしボタンがあるのを発見して押してみた。

と、そのとたん、一同はおもわずアッと声をたてたのである。

おお、なんということだろう。押し入れの床が、ガタンと下へひらいたかと思うと、そこにはまた、まっ暗な縦穴がひらいているではないか。しかも、懐中電燈の光で調べてみると、その縦穴には垂直に、鉄のはしごがついている。

一同はしばらくだまって顔を見合わせていたが、やがて金田一耕助がきっぱりと、

「警部さん、あなたはここにいてください。加藤さんにまだいろいろとおたずねになることがあるのでしょう。ぼく、ちょっとこの抜け穴を調べてみます」

「アッ、先生、ぼくもいきます」

文彦が叫んだ。

「よし、きたまえ」

金田一耕助は一歩鉄ばしごに足をかけたが、とつぜん、ギョッとしたように立ちすくんでしまった。

「せ、先生、ど、どうかしましたか?」

「シッ、だまって! あれを聞きたまえ!」

金田一耕助はそういって、抜け穴の底を指さした。それをきいて一同が、きっと、聞き耳をたてていると、ああ、聞こえる、聞こえる、抜け穴の底からかすかな足音が……ためらうように歩いてはとまり、それからまた、思いきったように歩きだす足音……。

しかも、その足音はしだいにこちらへ近づいてくるではないか。

一同はおもわずギョッと顔を見合わせた。

またもや消えた銀仮面

ああ、ひょっとすると銀仮面がまだ、地下の抜け穴をうろついているのではあるまいか。

「だ、だれだっ！　そこにいるのは！」

等々力警部がたまりかねて、大きな声で叫んだ。その声はまるで、ふかい古井戸にむかって叫ぶように、あちこちにこだまして、遠く、かすかに、いんいんとしてひびいていく。と、たちまち足音はむきをかえて、もときたほうへ走っていった。

「しまった！」

と、舌を鳴らした金田一耕助、手にした懐中電燈を口にくわえると、いきなり鉄ばしごのそばにある、太い垂直棒にとびついた。と、見るやスルスルスル、そのすがたはまたたくうちにまっ暗な縦穴の、やみのなかにのみこまれていったのである。

「あぶない！　金田一さん！」

「先生！　先生！」

等々力警部と文彦は、手に汗にぎって縦穴のなかをのぞいていたが、やがて十メートルあまり下のところで、懐中電燈の光が安定したのを見とどけると、じぶんたちもつぎつぎと、垂直棒をすべっていった。

そこはまっ暗な地下道だったが、金田一耕助のすがたはもうそのへんには見えない。

「先生！　先生！」

「金田一さん、金田一さん！」

等々力警部と文彦は、手にした懐中電燈をふりかざしながら、やみにむかって叫んだ。しかしその声はただいたずらに、まっ暗な地下道にこだまするばかりで、金田一耕助の返事はない。

「警部さん、いってみよう。金田一先生は悪者のあとを追っかけていったにちがいありません」

「よし！」

地質の関係かこの地下道は、まっすぐに掘ってなくて、ヘビのようにくねくねとうねっているのだ。その地下道をすすむこと二十メートルあまり、等々力警部と文彦は、とつぜん、ギョッとして立ちどまった。ゆくてのやみのなかから、はげしい息づかいと、もみ合う物音が聞こえてくるのだ。

「だれか！」

等々力警部が声をかけると、

「アッ、警部さん、きてください。くせものをつかまえたんですが、こいつ少しみょうなんです。からだがゴムのようにやわらかで……」

その声はまぎれもなく金田一耕助。それを聞くと等々力警部と文彦は、大急ぎでそば

へかけつけると、サッと懐中電燈の光をあびせたが、そのとたん、

「アッ、き、き、きみは香代子さん！」

おどろいてとびのいたのは金田一耕助である。

なるほど金田一耕助に組みしかれて、ぐったりと倒れているのは、大野老人のひとり娘、香代子だったではないか。

「きみだったのか。きみだと知っていたら、こんな手あらなまねをするんじゃなかったんだ」

金田一耕助に助けられて、よろよろと起きなおる香代子を、等々力警部はうたがわしそうな目で見つめながら、

「お嬢さん、あんたはなんだっていまじぶん、こんなところへきたんです。まさか銀仮面の仲間じゃあるまいと思うが、こんどというこんどこそ、すべての秘密をあかしてもらわんと、このままじゃすみませんぞ」

等々力警部に鋭くきめつけられて、

「すみません、……すみません」

と、香代子はただむせび泣くばかり。

金田一耕助はやさしくその肩に手をかけて、

「香代子さん、こうなったらなにもかもいってしまいなさい。きみがいくらかくしても、ぼくはちゃんと知っています。あなたがたの秘密というのは、人造ダイヤのことでしょ

う」

それを聞いて香代子はもちろんのこと、等々力警部も文彦も、思わずアッと、金田一耕助の顔を見なおした。

人造ダイヤ

人造ダイヤ！　おお、人造ダイヤモンド！　それはなんという大きな秘密だったことだろう。

きみたちもご存じのように、化学的にいえば、ダイヤモンドは純粋の炭素からできている。木炭や、きみたちが学校でつかう鉛筆のしんなどと、ほとんどおなじ成分なのだ。だから、ダイヤモンドに高い熱をあたえると、燃えて炭酸ガスになってしまう。むかしある王さまが、世界一の大きなダイヤモンドを作ろうとして、じぶんの持っているダイヤを全部、炉《ろ》にいれてとかしたところが、あけて見たら、ダイヤは影も形もなかったという、お話まで伝わっているくらいである。

しかし、そうして成分もわかっているのだし、しかもその原料というのが、世にありふれた炭素なのだから、人間の力でダイヤができぬはずはない。——と、いうのがむかしから、科学者たちの夢だった。

しかし、学問的にはできるはずだとわかっていても、じっさいには、いままで大きなダイヤモンドを、作りあげたひとはひとりもいない。ただ、いまから六十年ほどまえに、フランスの科学者が、電気炉のなかで、強い圧力をかけながら、炭素をとかして、ダイヤを作ることに成功したが、それは顕微鏡《けんびきょう》で見えるか見えないかというほどの大きさだったから、じっさいの役には立たないのだ。

それからのちもこの問題を解決しようとして、多くの学者が努力した。ダイヤモンドを作ることに成功しなかったとしても、それらのひとびとの努力はけっしてむだではなかった。ダイヤモンドと木炭がおなじ成分からできていながら、ちがっている秘密がだんだんわかってきたからなのだ。だから、そのちがいさえなくすれば、人造ダイヤは作りだすことができるはずなのである。

きみたちはこの物語のはじめのほうで、金田一耕助が成城にある大野老人の地下室で、純粋の炭素を製造する、ふしぎな機械を発見したことを覚えているだろう。あの機械と、大野老人の手元から出た、いくつかの大宝石から、金田一耕助はついにこの秘密を見やぶったのだった。

金田一耕助のことばに、香代子は涙にぬれた目をあげると、

「まあ、先生！　先生どうしてそのことを、知っていらっしゃいますの？」

金田一耕助はにこにこしながら、

「だってきみは、あれだけの大きなダイヤを、まるで炭のかけらぐらいにしか、思っていなかったじゃありませんか。きょう警視庁でダイヤの話が出たときも、きみの顔には

ありありとそれが出ていましたよ」

　等々力警部は目をパチクリとさせながら、世にもふしぎな話を聞いていたが、やがて息をはずませて、

「そ、それじゃ、あの黄金の小箱にはいっていたダイヤモンドも、大宝冠にちりばめてあったダイヤモンドも、みんな人工的に作られたものだというのですか？」

「はい」

「そして、それはみんな、あなたのおとうさんが作ったというんですね」

「はい、そうなんですわ」

　等々力警部はいよいよおどろいて、

「ああ、なんということだ。もし、それがほんとうだとすると、たいへんな話になりますよ。日本はたちまち、世界一の金持ちになりますよ。ああ、わかった、わかった。それだからこそ、銀仮面のやつがあなたがたをねらっていたのですね。あなたがたから、人造ダイヤの秘密をぬすもうとしているのですね」

「ええ、それですから、父もおじも、銀仮面にゆうかいされたのです。銀仮面は父やおじに、人造ダイヤを作らせようとしているのです」

　ああ、これで銀仮面が、あんなにまでしゅうねんぶかく、大野老人をつけねらってい るわけがわかった。いまかりに大野老人をつかって、人造ダイヤを無限に作るとすれば、世界の富を一手《いって》にあつめることができるではないか。

「しかし、香代子さん」

そのとき、しずかにそばからことばをはさんだのは金田一耕助である。

「人造ダイヤのことはいずれゆっくりおたずねするとして、あなたはどうして今夜、こんなところへきたんですか？」

「ああ、それは……」

香代子はきゅうにおびえたような顔をして、

「この家は成城へうつるまえ、あたしたちが住んでいた家なのです。そのとき、父が万一のことを思って、この地下道を作っておいたのですが、あたし、今夜ふとしたことから、銀仮面の正体に気がついたのです。それで、そのしょうこをたしかめようとして、ここからしのんできたのです」

「な、な、なんですって？　銀仮面の正体に気がついたんですって？　いったい、それはだれですか？」

等々力警部はおもわず大声をあげてきいたが、金田一耕助はいきなりその口を押さえると、

「シッ、警部さん、そんな大きな声をだしちゃいけません。壁に耳ある世のなかですからね。はっはっは、いや、香代子さん、それはぼくもだいたい見当がついているんですがね」

やみ夜の上陸

ああ、金田一耕助や香代子が気がついたという銀仮面の正体とは、はたしてだれだったのだろうか。……それはしばらくおあずけにしておいて、ここでは怪汽船、宝石丸の、そのごのなりゆきから、話をすすめていくことにしよう。

越中島の岸ぺきをはなれた宝石丸は、途中、海上保安庁の警備艇に発見されることもなく、ぶじに東京湾をはなれて、西へ西へとすすんでいた。船は海岸線を遠くはなれて、はるか沖合を走っているので、いったいどこを走っているかわからないが、東京で金田一耕助が香代子の秘密を発見したころ、ようやく進路をかえて、海岸線へ近づこうとしているようすだった。

船首に近い上甲板に立っているのは、あの魔法使いみたいな老婆に化けた怪人である。怪人は目のまえにせまってくる絶ぺきを、さっきからジッと見守っていた。

雲間にまたたいている北極星の位置から判断すると、船のへさきはいま、真東にむかっているようだ。しかし、見わたすかぎり陸上には、人家の明かりらしいものは一つも見あたらない。とつぜん、前方の山の上から、花火のように黄色い火が、流れ星のように尾をひいて、パッと空にのぼっていった。

「うっふっふ。仮面城に異状なしというわけか。どれ、上陸にとりかかろうか」

怪人がホッと安心したようにつぶやいたときだった。うしろに近づいてきたのは無線技師である。

「東京の銀仮面さまから電報です」

「ああ、そうか。きみ、ひとつ読んでみてくれ」

「はい、『ぶじ東京湾を脱出のよし、安心せり、捕りょはすぐ仮面城に連れてゆき、かんきんすべし。余は負傷せるも重傷ならず、あす仮面城にむかう予定。銀仮面』です」

「ほほう、すると首領は負傷されたのか」

「ええ、でも、重傷ではないということですから」

「フム、首領にそんなぬかりがあるはずはないから。よし、それではいまから、捕りょをボートにのせて上陸する。ここへ連れてくるよう伝えてくれたまえ」

「はっ、かしこまりました」

無線技師が階段をかけおりていくと間もなく、うしろ手にしばりあげられ、さるぐつわをはめられた、大野老人と文彦のおかあさんが、ひきずりだされてきたが、どうしたわけか三太少年のすがたは見えなかった。

「あの小僧はどうした?」

「それがどうもおかしいんです。クロロホルムをかがせてあるから、ついだいじょうぶと船室にカギをかけずにおいたら、いつの間にかいなくなっているんです」

「バカやろう!」

怪人の口から雷《かみなり》のような声がふってきた。

「それで見張りの役がすむと思っているのか。もう一度、船中を残らずさがしてこい！」

「は、もうしわけありません」

ものすごい怪人のけんまくに、さすがあらくれ男の水夫たちも、青くなってあたふたと、階段をかけおりていった。

そのうしろすがたを見送って、怪人はあらためて、大野老人のほうへむきなおった。

「いや、大野先生、船中ではなにかとご無礼をもうしあげましたが、上陸のあかつきにはいろいろとおわびもうしあげます。むこうには先生の弟さんもいらっしゃるはずですから」

それから文彦のおかあさんのほうへむきなおると、

「それから竹田のおくさん、あなたもいろいろご不自由をかけましたが、もうしばらくのしんぼうです。大野先生がわたしたちの命令にしたがってくだすったら、あなたはぶじに帰してあげます。

だから、あなたからもくれぐれも、先生によろしくおねがいしてください」

ああ、なんという虫のよいことばだろう。銀仮面の一味は大野きょうだいを脅迫して人造ダイヤの秘密を手にいれるまで、文彦のおかあさんを、人質にとっておくつもりなのだ。

文彦のおかあさんは、まっ青になって涙をうかべ、大野老人は歯ぎしりをしてくやしがったが、そのときどうやら、船は上陸地点へついたようすだった。

仮面城

船中をすみからすみまでさがしても、三太少年のすがたはとうとう見つからなかった。怪人もしかたなくあきらめて、一同に上陸を命じた。きっと途中で、海のなかへとびこんだと思ったのだろう。

やがて怪人と捕りょのふたりをのせたボートが、まっ先に船をはなれ、そのうしろにはいろいろの荷物をつんだ三そうのボートがつづいた。

いくことおよそ十分あまり、やがてボートがついたところは、切り立ったような断がいのふもとだった。

「さあ、おりろ」

怪人は、片手にふたりの捕りょをしばった綱の端を持ち、片手でピストルをにぎっている。少しでも逃げだしそうなようすが見えたら、ズドンと、ぶっぱなすつもりなのだろう。ふたりの捕りょはよろよろと、力なくボートから岩の上へおり立った。

そのふたりをなかにはさんで、怪人の一行は、切り立ったような絶ぺきをのぼっていく。絶ぺきには岩をきざんで階段が作ってあり、船員たちは手に手にたいまつをふりかざしているのだ。

　のぼること約百メートル、ようやく道がゆるやかになってきたかと思うと、やがて一行はまばらな赤松林のなかに出た。赤松林のうしろには、大きな岩がそびえている。

　その岩のまえまでくると、

「とまれ！」

　怪人が強く綱をひいたので、ふたりの捕りょはおもわずよろよろ立ちどまった。

　怪人は懐中電燈の光をたよりに、岩の上をさぐっていたが、するとどうだろう。何十トンもあろうという大きな岩が、ぶきみな音をたててしずかに回転していくではないか。そして、そのあとにポッカリひらいたのは、地獄の入り口のようなどうくつだった。

「あっはっは、なにもおどろくことはない。これこそ仮面城の入り口だ。これでもなかにはちゃんと電燈もついておれば、水道もひいてある。先生がたのご研究には、なにも不自由はございませんから安心してください」

　大野老人と文彦のおかあさんは、おもわず顔を見合わせた。怪人はまた強く綱をひいて、

「前へすすめ！　なにもこわがることはない。ぐずぐずせずに早く歩かんか！」

　うしろからせきたてられて、ふたりの捕りょはしかたなく、このぶきみなどうくつのなかへはいっていった。すぐそのあとから、一行が、どやどやと穴のなかへもぐりこんだ。

こうして一同がはいってしまうと、またもや大きな岩が動きだして、仮面城の入り口は、ぴったりとざされてしまったのである。

あとは深夜のしずけさで、聞こえるものとては波の音ばかり。

と、このときだった。松林のなかでバサリとマツの小枝がゆれたかと思うと、ガサガサと下草《したぐさ》をわけて、サルのようにとびだしてきた一つの影があった。

その影は、岩のまえに立ちよると、耳をすまして、ジッとなかのようすをうかがっていたが、そのときだった。雲をやぶった月の光がサッとその男を照らしだしたが、見ればそれこそ、東京湾の岸ぺきから、いかりにすがって追ってきた、牛丸青年ではないか。

ああ、それにしても三太少年はどうしたのだろう。三太はほんとうに、海へとびこんでしまったのだろうか。

燃える怪汽船

牛丸青年はしばらく岩に耳をあて、なかのようすをうかがっていた。岩に耳をあてたところで、耳が不自由なのだからなにも聞こえるはずはないが、そうしてからだをくっつけていると、やはりなにかのけはいがわかるのだろう。

牛丸青年は息をころして、なかのようすをうかがっていたが、やがて安心したように、岩の表をさぐりはじめた。

おそらくさっきの怪人が、岩をひらいたあのしかけをさぐっているのだろう。しかし、銀仮面の一味もさるもの、そんなまやさしいことで、すぐわかるような、しかけをしておくはずがない。

牛丸青年はがっかりしたような顔色で、岩の表をながめていたが、やがて全身の力をこめて、岩を押してみた。しかし、牛丸青年がいかに怪力とはいえ、何十トンもあろうという岩が、そう、やすやすと動くものではない。

牛丸青年はいよいよがっかりした顔色で、うらめしそうに、岩の表をながめていたが、そのときなのだ。きゅうにあたりがパッと明るくなったのは……。

牛丸青年はびっくりして、ハッとうしろをふりかえったが、そのとたん、おもわず大きく目を見張った。

ああ、なんということだろう。さっきの牛丸青年が、いかりにぶらさがってきた宝石丸が、いまやえんえんとして燃えあがっているではないか。

おそらく船員のだれかのそそうから、火が燃料に燃えうつったにちがいない。見る見るうちにほのおが船ぜんたいを押しつつんで、牛丸青年には聞こえなかったが、パチパチとものはじける音、ドカン、ドカンとなにかの爆発するひびき。

あたり一面、ま昼のように明るくなった海面を、船からとびこんだ船員たちが、助けを求めながらただよっているのだ。

牛丸青年はびっくりして、しばらくこのありさまをながめていたが、と、このとき、かれのもたれていたあの岩の戸がぐらぐら動きだしたので、牛丸青年はギョッとして、もとの松林にとびこむと、下草のなかに身をふせた。

するとほとんどそれと同時に、岩の戸が大きくひらくと、なかからとびだしてきたのは、十人近くの人影である。船から無電をうけとったのか、それとも物音に気づいてとびだしてきたのか、燃えさかる船を見ると、しばらく、ぼうぜんとして立ちすくんでいたが、やがて、口ぐちになにかわめきながら、岸ぺきを目がけて走っていった。そして、そのすがたはまたたくうちに、岸ぺきにきざまれた、あのあぶなっかしい階段のほうへ、見えなくなってしまった。

そのうしろすがたを見送って、松林のなかからはいだしたのは牛丸青年。岩の戸のところまできてみると、なんとそれはひらいたままではないか。さすがの悪者たちも、よほどあわてていたと見えて、しめるのを忘れていったのだ。

(しめた!)

口がきけないのだから、ことばにだしてはいわなかったが、牛丸青年はいかにもうれしそうにあたりを見まわした。

と、このときだった。

とつぜん、船の中央から、ドカーンというものすごい大音響が起こったかと思うと、天までとどくようなまっかな火柱が燃えあがった。と、同時に燃えあがるほのおと、黒い煙が宝石丸を押しつつみ、船はしばらく海上を、のたうちまわっていたが、やがてまっぷたつにさけたかと思うと、ぶくぶくと海のなかへ沈んでいくのだった。

牛丸青年はそれをしり目にかけながら、用心ぶかく、仮面城のなかへもぐりこんでいった。

トランクのなか

どうくつのなかはコンクリートでかためられた、りっぱな地下道になっている。天じょうにはおちついた蛍光燈の光がかがやき、ろうかの両側には、ところどころ、緑色にぬった鉄のとびらがあった。人影はどこにも見えなかった。

牛丸青年は用心ぶかく、そのろうかをすすんでいった。間もなく下へおりる階段にぶつかった。見るとその階段にはまだ新しい足跡が、いりみだれている。

さては悪者たちはこの階段をおりていったのか……。

そう考えた牛丸青年は、あいかわらず用心ぶかく、その階段をおりていった。階段をおりると、そこにまたさっきとおなじようなろうかがあったが、そこからまた、下へおりる階段がついているのだ。そして、いりみだれた足跡は、その階段をおりている。

牛丸青年は用心ぶかく、その足跡をつけていったが、やがて階段をおりきると、足跡はこんどはろうかの奥のほうへつづいていた。

つまり、この仮面城は地下三階になっていて、小さなビルディングくらいの大きさをもっているのだ。

牛丸青年は内心舌をまいておどろきながら、足跡を伝ってろうかを奥へ奥へとすすんでいったが、とつぜん、ギョッとしたように立ちすくんだ。

牛丸青年から五メートルほど前方に、荷物が山のようにつんである。さっき悪者たちが、宝石丸からかつぎだした荷物である。そのなかに、大きなトランクが一つあったが、見るとそのトランクのふたが、むくむくと下から、もちあがってくるではないか。

牛丸青年はギョッとして、急いで物陰に身をかくすと息をころしてトランクを見つめていた。

そんなこととは知るや知らずや、トランクのふたは三センチ、五センチ、七センチと、少しずつひらいていったが、やがて十センチほどひらいたかと思うと、そのままピタリと動かなくなってしまった。

おそらくなかの人物が、あたりのようすをうかがっているのだろう。やがてその人物は安心したのか、トランクのふたを大きくひらくと、ヒラリとなかからとびだしたが、なんとそれは三太ではないか。

ああ、船のなかで見つからなかったのもむりはない。三太は荷物のなかにかくれていて悪者どもにかつがれて、まんまとこの仮面城へしのびこんだのである。

牛丸青年は三太を知っていた。いつか三太が悪者の手先につかわれて、成城にある大野老人のところへやってきたのをおぼえていたからだ。

牛丸青年は物陰からとびだすと、やにわに三太におどりかかった。だれもいないと思ったこのろうかでいきなりひとにとびつかれたので、三太はギョッとしてふりかえったが、牛丸青年のすがたを見ると、

「ちがう、ちがう、ぼく、もう、悪者の手先じゃない。ぼくは文彦さんや、香代子さんのためにはたらいているんです」

三太はひっしとなって叫んだが、むろん相手は口がきけないのだからそんなことばが聞こえるはずがない。

牛丸青年は三太の手をとり、うしろ手にしばりあげようとした。三太はいっしょうけんめいにもがきまわる。

と、このときだった。

とつぜん、つきあたりの鉄のとびらがひらいたかと思うと、顔をだしたのは白髪の老人。ほおはこけ、目はおちくぼみ、からだは枯れ木のようにやせているが、どことなく気高い威厳《いげん》がそなわっていた。

「そこにいるのはだれか?」

老人はしずかな声でたずねた。牛丸青年にはむろん、その声が聞こえるはずがないが、三太のようすにハッとふりかえると、びっくりしたように立ちすくんだ。

そして、しばらく穴のあくほど、老人の顔を見つめていたが、やがてなにやらみょうな叫びをあげ、ばらばらと老人のそばへかけよると、いきなり、ガバとその足もとにひ

れふした。ああ、この老人はだれなのだろう。

映画の秘密

さて、こちらは金田一耕助である。

加藤宝作老人の住居から、まんまと、銀仮面に逃げられた耕助は、なにを思ったのかその翌朝、等々力警部や文彦、さては香代子をともなって、自動車をとばしてやってきたのは、多摩川べりにある日東キネマの撮影所だった。

「井本明《いもとあきら》さんという監督さんはいらっしゃいますか?」

と、受付の守衛にきくと、

「はあ、どういうご用ですか?」

「じつは警視庁からきた者ですが、ある事件の調査のために、ぜひとも井本さんのお力をかりたいと思っているのです」

「ちょっとお待ちください」

守衛は電話でしばらく話をしていたが、幸い井本監督はいたらしく、

「どうぞ、こちらへ」

と、案内されたのは撮影所のひとすみにある応接室である。待つ間ほどなく井本監督がはいってきた。井本監督は、金田一耕助と等々力警部の名刺を見ると、まゆをひそめ

て、

「で、いったいどういうご用件でしょうか？」

「井本さん、いま東都劇場で封切りされている『深山の秘密』という映画は、あなたが監督なすったものですね」

「そうです。しかし、それがなにか……？」

「いや、なにもご心配なさることはないのですよ。井本さん、ぼくがおたずねしたいというのはあの映画のロケーション地のことですがね。あれはどこでロケーションされたのです？」

「さあ、どこでといったところで、あちこちへいきましたな。東京の郊外でとった場面もあるし、信州へもいきました。それから伊豆《いず》でとった場面もありますが……」

そういわれて、金田一耕助もちょっと困ったが、

「そのなかのある場面ですがね。ぼくにもちょっと一口にはいえないのですが……」

「ああ、そうですか。しかし、金田一さん、そのロケーション地を知るということが、なにかあなたがたのお仕事にお役に立つのですか？」

「そうですよ。井本さん、あなたはなにもご存じなくおとりになったのでしょうが、あの映画のなかに、いま世間をさわがせている、銀仮面のアジトがうつっているらしいんですよ」

それを聞くと井本監督がびっくりして、目を丸くしていたが、

「それは、それは……しかし、それならちょうど幸い、あの映画ならいまこのスタジオに一本あるはずです。さっそくうつしてみますから、どの場面だかおっしゃってください」

撮影所にはどこにも試写室といって、できあがった映画をうつして見るへやがあった。金田一耕助の一行がそのへやへ案内されると、さっそく映写のじゅんびがととのえられ、間もなく、見覚えのある『深山の秘密』がうつしだされはじめた。金田一耕助をはじめ等々力警部、さては文彦や香代子まで息をころして、そこにうつしだされる場面を見つめている。

やがて場面はしだいにすすんで、とつぜん、海岸にそそり立つ、高い絶ぺきがうつしだされたが、ああ、それこそはゆうべ、大野老人や文彦のおかあさんが、銀仮面の一味に追い立てられてのぼっていったがけではないか。

しかし、耕助はそんなことは知らないから、だまって見ていると、すぐ場面はつぎにうつって、山道を走っていく大型バスがうつしだされた。バスのむこうには、のこぎりの歯のようにそびえる山脈、木の間がくれにちらほら見える湖水の表……。

「アッ、ここです。ここです」

金田一耕助はおもわず叫んだ。ああ、きのう三太が映画を見ながら、仮面城、銀仮面と叫んだのは、たしかにこの場面ではないか。

「井本さん、いまの場面と、もう一つまえの絶ぺきの場面、あれはどこでおとりになったのですか？」

「ああ、あれですか、あれならば二つとも、伊豆半島の西海岸、伊浜《いはま》という村の付近で撮影したのですが……」

「な、な、なんだって、伊豆の伊浜だって？」

だしぬけにそう叫んだのは等々力警部。金田一耕助はその声におどろいて、

「警部さん、あなた伊浜というところをご存じですか？」

「いや、いや、そういうわけじゃないが、けさ早く、沼津の警察から報告があったんです。ゆうべま夜中ごろ、伊浜の海岸で、正体不明の怪汽船が、爆発沈没したという……」

それを聞くと一同は、おもわずギョッと顔を見合わせた。

仮面城襲撃

伊豆の伊浜はその日一日大さわぎだった。なにしろ、すぐ目のまえの海の上で、汽船が一隻爆発、沈没したのだから、その救護作業《きゅうごさぎょう》でたいへんだったのである。

全村総出で、海上にただよっている船員たちを救いあげるやら、傷ついた遭難者の手当てをするやら、たきだしをするやら、さてはまた、流れよる船の破片をかきあつめるやら、それこそ涙ぐましいはたらきだった。

むろん、村のひとたちは、この船がそんな悪い船だとは、夢にも知らなかったが、もし知っていたとしても、やはりおなじようなことをしたことだろう。これが海のおきてなのだ。相手がどんな悪人でも、いったん遭難したとあれば、それを助けるのが、海に住むひとびとのつとめなのだ。

こうして一日じゅう、戦場のようなさわぎをしていた伊浜の海岸も、日が暮れて、夜がふけるとともに、またもとのしずけさにかえった。

救難作業もあらかたおわり、けが人は病院へかつぎこまれて、村のひとたちはめいめいじぶんの家へひきあげていった。

そして、あとにはポッカリと、春の月が空に出ていた。ゆうべ、宝石丸をのみこんだ海も、いまはなにも知らぬげに、のたりのたりと、のどかな波がうってはかえしている。

夜の十時過ぎ。

このしずかな伊浜の絶ぺき目がけて、沼津方面から、しずかに近づいてきたいっそうのランチがあった。

ランチにのっているのはいうまでもなく、金田一耕助に等々力警部、文彦に香代子、ほかに、ものものしいいでたちをした武装警官がおおぜいのっている。

金田一耕助の一行は、あれからすぐに沼津へ直行して、そこでいろいろ情報をあつめると、ここここそ銀仮面のアジトにちがいないという見当がついたので、ランチをしたてて、ひそかに押しよせてきたのだ。

それにしても、文彦や香代子の気持ちはどんなだっただろうか。沼津で聞いたところによると、爆発、沈没した船はたしかに宝石丸らしいのだ。

と、すればそのなかにとじこめられているはずの、大野老人や文彦のおかあさんはどうしたか……それを考えると、ふたりは胸もはりさけんばかりの気持ちだったのである。

やがてランチが、映画で見覚えのある絶ぺきに近づくと、波うちぎわから、だれかが懐中電燈をふって合図をしていた。近づいてみると土地の警官だった。

「ご苦労、ご苦労、そしてようすはどうだ？」

「いまのところ、かわりはありませんが、たしかにこのへんがあやしいのです。きょう村のひとたちに助けられて、病院へかつぎこまれた船員たちが、いつの間にやら、おおかた逃げだしてしまって、どこにもすがたが見えないのです。だから、きっと、このへんにかくれががあるにちがいありません」

ランチからおりた一行が、無言のまま、あのあぶなっかしい階段をのぼって、やっと松林の付近までできたときだった。ほとんど同時に、松林の角を曲がってあらわれたのは、一台の高級車。警官たちがはりこんでいるとも知らず、あの大岩のまえにとまると、なかからヒラリととびおりたのは、おお、銀仮面ではないか。

あのあやしげな銀の仮面を、キラキラと月の光に照らしながら、銀仮面は岩のそばへあゆみよると、しばらく岩の一部をなでていたが、と、ふいにギーッ、ギーッと気味の悪い音をたてて、あの大岩がしずかに動いていくのだった。

それを見るなり、いきなり立った警官のひとりが、

「おのれ、銀仮面！」

と、手にしたピストルのひきがねを引いたからたまらない。
ダ、ダ、ダーン！
と、ときならぬ銃声が夜のしじまをやぶって、岩にあたった弾丸が、火花をちらしてはねかえった。

おどろいたのは銀仮面である。ヒラリとマントのすそをひるがえしたかと思うと、コウモリのように、どうくつのなかへとびこんだが、と、つぎの瞬間、あの重い岩の戸が、ギーッ、ギーッとぶきみな音をたてながら、ふたたびしまってしまったのだ。

「しまった、しまった、またとり逃がしたか！」

警部は草むらからとびだすと、岩をたたいてくやしがった。しかし金田一耕助は、いっこう動じる色もなく、にこにこしながら、

「だいじょうぶですよ。警部さん、もうこうなったら、袋のなかのネズミもどうぜん。この入り口をひらくことだって、そうむずかしいとは思いませんよ。それより、警部さん」

「はあ」

「あなたはあの自動車に見覚えはありませんか？」

「そういえば、どこかで見たような車だが……七一年型のクライスラーですね」

「三〇三六九……たしかにあの車とおなじ番号です。ほら、宝石王、加藤宝作老人が浅草の劇場へのりつけてきた……」

「な、な、なんですって？」

おどろいたのは等々力警部。

「それじゃ銀仮面のやつは、宝作老人の車をぬすみだしたのか。……いやいや、ひょっとすると、われわれが出発したあとで、宝作老人も銀仮面の手に……」

等々力警部の顔には、にわかに不安の色がひろがってきた。しかし、金田一耕助はなにかもっとほかのことを考えているらしく、恐ろしそうにからだをすくめると、

「いやいや、そうではありますまい。それより、もっと恐ろしいことが起こっているのかも知れないのですよ」

と、ホッとひそかにため息をもらすと、

「いや、しかし、いまはそんなことをいっているばあいではありません。それよりも、一刻も早くこの岩の戸をひらかなければ……」

「さあ、問題はそれですよ、金田一さん。この岩の戸をひらくって、いったいどうしたらいいんです。ダイナマイトででも爆発するんですか？」

「いや、その必要はありますまい。銀仮面のやつも、わりにかんたんに、動かしていたようじゃありませんか。ひとのできることなら、ぼくにだってできぬはずはない。ひとつ、よく調べてみましょう」

金田一耕助はしばらく念入りに、岩の表面を調べていたが、やがてにっこり警部のほうをふりかえると、

「警部さん、どうやらわかりましたよ。ほら」

と、強くなにかを押したかと思うと、またもやあの岩の戸が、ギーッ、ギーッと不気味な音をたてて動きはじめたが、と、そのとたんである。
ダ、ダ、ダン！　ダ、ダ、ダン！
と、岩の戸のうしろから、ものすごい音をたてて、警官たちにおそいかかってきたのは、つるべうちにうちだすピストルのたま。

ああ、こうして仮面城をとりまいて、警官対怪盗一味のものすごい血戦《けっせん》の幕が切って落とされたのだった。

仮面司令室

「ちくしょう、ちくしょう、こんどというこんどこそ、金田一耕助にしてやられたぞ！」

仮面城の奥まった一室で、バリバリと歯ぎしりかんで、くやしがっているのは怪盗銀仮面。そのまえに、色青ざめておろおろしているのは、老婆に化けた怪人である。

そこはとても奇妙なへやで、直径十五メートルもあろうかと思われる、円筒形《えんとうけい》のへやの

壁には、一面にいろんな仮面がかざってあった。

おかめの面もあれば、ひょっとこの面もある。ピエロの面もあれば、てんぐの面もあるといったぐあいに、五、六十もあろうと思われる面が、円筒形のへやのぐるりから、さまざまな表情をうかべて、へやのなかを見おろしているのだ。

そして、へやの正面には、高さ二メートルもあろうかと思われる、大きな時計がおいてあった。時計の針を見るとちょうど十二時。しかし、振り子の部分は、あついカシのドアでとざされているので見えない。

「首領！　首領！」

老婆の怪人はおろおろしながら、

「そんな弱音をはかないでください。入り口はそうかんたんにやぶれませんし、こちらには三人も人質がとってあるのですから、警官たちも、むやみに手出しはできますまい」

「人質……？　おお、そうだ。大野きょうだいと、竹田妙子を早くここへ連れてこい！」

銀仮面はテーブルの上にある、マイクロホンにむかってどなったが、そこへあわただしくかけつけてきたのはひとりの部下。

「首領、たいへんです。敵はいま仮面城のなかへ侵入してきました。ピストルのうちあいがはじまっていますが、敵はとても優勢です」

「ばか！　機関銃はどうした。たかが十人や二十人の警官たち、かたっぱしからなぎ倒してしまえ！」

「そ、それが、だれかが機関銃をこわしてしまったんです」

「な、な、なんだと！　そ、それじゃ仮面城のなかに、裏切り者がいるというのか！」

　さすがの銀仮面もギクリとしたようすである。

「ようし、もうこうなったらしかたがない。人質はどうした、人質を早く連れてこい。健蔵のほうが手にはいったから、秀蔵のほうはもういらぬぞ。あいつと竹田妙子と矢面《やおもて》に立て、警官たちがひるむところを逆襲するんだ。あいつら死んだってかまうもんか！」

　ああ、なんという恐ろしいことばだろう。これが人間のいうことばだろうか。

「と、ところが、それもだめなんです。大野きょうだいも竹田妙子も、どこにもすがたが見えないんです！」

「な、な、なんだと！」

　さすがの銀仮面も、こんどこそ完全に、どぎもをぬかれてしまったらしく、しばらくは口もきけずにいたが、そうしているうちにも、さっきから聞こえていた銃声が、いよいよはげしくなってきた。

「ようし、こうなったらもうしかたがない。おまえもいけ、おまえもいって戦え！」

「はっ！」

くちびるをかんで出ていく部下を見送りながら、銀仮面は老婆の怪人にたずねた。

「おい、非常口のほうはどうかきいてみろ!」

「はっ!」

怪人は卓上電話をとりあげると、

「X五号……おお、X五号だね。こちらは司令室。非常口のほうはどうか?」

怪人は二言三言、電話で話をしていたが、すぐに受話器を投げだすと、

「首領、だめです。仮面城はとえはたえにとりかこまれ、アリ一ぴき、はいだすすきはないそうです」

とまっ青になってふるえていたが、そのときだった。銀仮面がだしぬけに、あの気味の悪い笑い声をあげたのは……。

「ふっふっふ、敵もさるもの、なかなかやりおるわい。しかし、そんなことでへこたれるようなわしじゃないぞ。わしはどうしても、ここから逃げだしてみせるぞ。たとえ、どのような犠牲をはらっても……」

「たとえ、どのような犠牲をはらっても?」

「そうじゃ、たとえ、わしの片腕といわれる、忠実な部下のいのちを犠牲にしても……」

そういったかと思うと銀仮面の目が、つるつるとした仮面の奥で、鬼火のように気味悪く光った。

司令室の銃声

さて、こちらは警官隊の一行である。

ここをせんどと抵抗する、銀仮面の部下とのあいだに、しばらく、はげしいうちあいがつづいたが、しかし不正はつねに正義の敵ではない。

正確な警官隊の射撃にあって、あるいはうたれ、あるいはとらえられ、やがてゆく手をさえぎる者は、ひとりもなくなった。

金田一耕助と等々力警部は、逃げまどう銀仮面の部下を追って、地下二階の階段をおりていったが、そのとき、とつぜん、横のドアがひらいたかと思うと、とびだしてきたのは、二メートルもありそうな大男だ。

「だれか！　抵抗するとうつぞ！」

等々力警部がピストルをむけると、相手は両手をふりながら、

「あ、あ、あ、あ……！」

と、奇妙な声で叫んだ。その声を聞くと金田一耕助は、ハッとして、相手の顔を見なおしながら、

「あ、き、きみは大野健蔵博士の助手ではないか。警部さん、うっちゃいけない。いったい、きみはどうしてこんなところにいるんだ。……と、いったところで、聞こえない

のだからわかるはずがなし、香代子さん、香代子さんはいないか？」

その声に、香代子と文彦が警官に守られて、上からおりてきたが、香代子は一目、牛丸青年のすがたを見るなり、びっくりしてそばへかけよった。そして、身ぶり手ぶりで、しばらく話をしていたが、やがて喜びに目をかがやかせて、

「警部さん、金田一先生、喜んでください。おとうさんもおじさんも、それから文彦さんのおかあさんも、みんなごぶじで、あるところにかくれていらっしゃるのだそうです。」

「えっ、なんですって、まあ、それじゃ三太というひとも、ここにいるんですって？」

「香代子さん、香代子さん、それじゃいっときも早く、みんなのかくれているところへ、案内してくれるようにいってください」

金田一耕助のそのことばを、香代子がとりつぐと、牛丸青年はすぐ先に立って歩きだした。

一同がそのあとからついていくと、やがてやってきたのは司令室のまえ。香代子はそこでまた、牛丸青年と身ぶりで話をすると、警部のほうをふりかえり、

「警部さん、このなかだそうです」

だが、香代子のそのことばがおわらぬうちに、ドアのなかから聞こえてきたのは一発の銃声。それにつづいて、うめきごえと、ドサリとなにやら倒れる物音。

「アッ、ひょっとしたら、おとうさまかおじさまがうたれたのじゃ……！」

香代子は、もうすでにまっ青になっている。

警部はあわてて、ドアのとってに手をかけたが、カギがかかっていてひらかない。

そこで警部が目くばせすると、すぐ二、三人の警官が、ドアにむかってもうれつな体当たりをくらわせた。

メリメリ、メリメリメリメリ……。

やがてドアがひらくと同時に、一同はなだれをうって、へやのなかへとびこんだが、そのとたん、思わずハッと立ちすくんでしまったのだった。

へやのなかには銀仮面が倒れていた。しかも右手に、まだうす煙の立っているピストルを持ち、胸から血を流しているところを見ると、かくごの自殺をしたのだろうか。

等々力警部はつかつかとそのそばへより、あのいやらしい銀仮面をはずしたが、そのとたん、おもわずおどろきの声が口をついて出た。

「あ、こ、これは……？」

「警部さん、警部さん、あなたはこの男を知っているのですか、だれです、これは……？」

「これは……これは、加藤宝作老人の秘書です」

「宝作老人の秘書……？」

香代子と金田一耕助が、ハッと顔を見合わせたとき、

「アッ、あんなところにだれかひとが……！」

そう叫んだのは文彦である。その声に一同がハッとふりかえると、へやのすみに、さ

るぐつわをはめられ、手足をしばられて、ぐったりと気を失っているのは、まぎれもなく宝石王加藤宝作老人ではないか。

落ちた仮面

「ああ、知らなかった、知らなかった。わしの秘書があの恐ろしい銀仮面とは、きょうのきょうまで知らなかった……」

それから間もなく、警官たちのかいほうで、息を吹きかえした宝作老人は、銀仮面の顔を一目見ると、さも恐ろしそうに身ぶるいをして、両手で顔をおおった。

それを聞くと、香代子と金田一耕助は、うたがわしそうに目を見かわしたが、そのときだった。

「ちがいます、ちがいます。銀仮面はその男です。その男が秘書をうって、それに銀仮面の衣装《いしょう》を着せたのです」

とつぜん、へやのなかから意外な声が聞こえたので、一同がびっくりして、キョロキョロあたりを見まわしていると、だしぬけに、正面にあるあの大時計の、振り子のドアがひらいたかと思うと、なかからおどりだしたのは、なんと三太少年ではないか。

「ああ、三太、それではきみはさっきから、いちぶしじゅうのようすを見ていたんだね」

「はい、金田一先生、ぼくはすっかり見ていました。そいつが部下をうち殺し、その手にピストルをにぎらせ、それから、いままでじぶんの着ていた銀仮面の衣装を着せたのです。そしてじぶんでさるぐつわをはめ、手足をしばって、気を失っているようなまねをしたんです。だから、銀仮面とはそいつなんです。そのおじいさんなんです」

三太にきっと指さされ、さすがの加藤宝作老人も、ハッと顔色をかえたが、すぐ、鼻の先でせせら笑うと、

「なにをばかな！　警部さん、あんたはまさかこんな子どものいうことを、ほんとうにはなさるまいな。かりにもわしは宝石王といわれた男だ。それを銀仮面などと、なにをばかな！」

はきだすような宝作老人のことばに、警部もちょっととまどいした感じだったが、そのときまたもや、意外なところから意外な声がふってきた。

「いいや、さっきのようすを見ていたのは、その子どもばかりではない。わたしたち三人もここから残らず見ていたぞ」

その声に、ギョッとしてふりかえった一同は、声の主の奇妙なありかに気がつくと、おもわず大きく目を見張った。

そのへやの壁に、五、六十も仮面がかかっていることは、まえにも話したが、その仮面のなかに、大野健蔵、秀蔵のきょうだい、それから文彦のおかあさんの顔もまじっているのだ。あまりたくさん仮面がならんでいるので、ほんとうの顔が、壁にくりぬいた

のぞき穴からのぞいているのを、いままでだれも気がつかなかったのだった。

「これ、銀仮面、おまえはいつも部下をこのへやへ呼びあつめては、お面のうしろにくりぬいたのぞき穴から、こっそりお面をかぶった顔だけだして、部下のようすをさぐっていたろう。ながらくここにとじこめられているうちに、わたしはその秘密を知ったから、きょうはぎゃくにこの穴から、おまえのようすを見ていたのだ。さあ、もうこうなったらしかたがない、なにもかも白状してしまえ！」

長いあいだのうらみをこめて、壁の上からハッタとばかりに、宝作老人をにらみつけたのは枯れ木のようにやせほそった秀蔵博士。そのとたん、まっさおになってふるえている、宝作老人の両手には、ガチャンと手じょうがおりていた。

ああ、日本一の宝石王とうたわれた、加藤宝作老人が銀仮面とは、なんという意外なことだろうか。

思えば恐ろしいのは人間の欲である。

宝作老人もひとなみはずれた欲さえ持っていなかったら、あんな悪人にならずにすんだだろうに！

それはさておき、銀仮面がとらえられたので、文彦をはじめとして、大野きょうだいや香代子のうえには、いまはじめて、平和の日がおとずれた。

文彦は秀蔵博士の子どもとわかったが、しかしやっぱりいままでどおり、竹田家の子としてやしなわれることになった。そしてその家には、ときおり秀蔵博士がおとずれては楽しいひとときをすごしていくのだ。

秀蔵博士は日ましに健康をとりもどし、血色もよくなってきた。そして、健蔵博士と力を合わせて、人造ダイヤの研究も、着々とすすんでいるということである。

だから、いまにダイヤが大量に製造されて、それによって日本が、世界の舞台にのりだすのもそう遠いことでないにちがいない。

三太少年は金田一耕助にひきとられて、いまではあっぱれ、少年探偵になっているということである。

悪魔の画像

赤色の絵

「ああ、これは杉勝之助《すぎかつのすけ》の絵だな」

おじさんはそういって、くすんだ銀色のがくぶちにおさまった、大きな油絵のまえに、ちかぢかと顔をよせた。

その絵というのは、たて一メートル五十センチ、よこ一メートル十センチもあろうという、大きな油絵だが、いちめんにベタベタと、赤い色がぬりつけてあって、なんとなく気味の悪いかんじなのだ。

「おじさん、杉勝之助ってだれ」

良平《りょうへい》が聞くと、

「杉勝之助というのはね。戦争中に、若くして死んだ天才画家なんだ。世間から赤の画家といわれるほど、赤い色がすきで、どの絵を見ても、赤い色がいちめんにベタベタとぬってあるからすぐわかる。ああやっぱりそうだ。ここに杉のサインがある」

と、おじさんはいくらかじぶんの眼力《がんりき》をほこるように絵の右下のすみを指さした。見ると、なるほどそこに、杉勝之助の名まえが、ローマ字でかいてある。

「おじさん、杉というひと知っているの」

「いや、特別こんいだったわけじゃないが、なにかの会で二、三度あったことがある」

良平のおじさんは、清水欣三《しみずきんぞう》といって、いまうりだしの小説家だが、いたってのんきなひとで、まだおくさんもいない。そして、じぶんの姉にあたる、良平のおかあさんのところに、同居しているのだ。

良平のおとうさんは、さる大会社の重役だが、仕事の関係で、しじゅう旅行しているので、家がぶようじんだからと、こちらからたのんで、欣三おじさんにいてもらっているのである。

良平は、このおじさんがだいすきだった。

小説家のなかには、ずいぶん気むずかしいひともあるということだが、欣三おじさんにはすこしもそんなところはない。学生時代、テニスの選手だったというだけに、いかにもスポーツマンらしい、さっぱりとしたひとで、仕事のひまなときなど、良平を相手に、キャッチ・ボールなどをしてくれるし、また、いままでに読んだ、外国のおもしろい小説の話をしてくれることもある。

おじさんは夕がたになると、町をさんぽするのが日課になっていたが、そんなとき、良平のすがたが目につくと、

「おい良平、おまえもいこう」

と、いつもきっとさそうのだった。

良平の住んでいるのは、郊外にある、おちついた学園町だったから、夕がたのさんぽ

などにはおあつらえの場所だった。良平の一家は三月ほどまえに、そこに家を新築して、ひっこしてきたばかりなのである。

そして、その日も良平は欣三おじさんにさそわれて、さんぽのおともをしたのだが、そんなとき、おじさんがかならずたちよるのは、駅前にある古道具屋であった。

古道具屋というのはおもしろいところだ。ミシンだの蓄音機だのという、文明の利器があるかと思うと、古めかしい仏像だのよろいだのがある。お琴があるかと思うとオルガンがある。ベッドや洋服だんすのような、大きなものがあるかと思うと、豆つぶほどのお人形があったりする。そして、それらのものがふるびて、くすんで、ほこりをかぶって、ゴタゴタとならんでいるところは、なんとなく、神秘的なかんじがするのだった。

おじさんはときどきそこで、へんな皿や花びんを買っては、掘りだしものをしたととくいになっていたが、いま、杉というひとの絵を見つけたのもその古道具屋だったのである。

それは西洋の悪魔らしく、ツノのようなふさのついたずきんをかぶり、ぴったり肉にくいいるようなじゅばんを着て、おどりながら、笛を吹いている全身像なのだが、じゅばんもずきんもまっ赤なばかりか、バックまでが、えんえんと燃えあがる火の赤さなのだ。

良平はなんとなく気味が悪くなって、

「おじさん、おじさん、杉というひとはどうして死んだの。病気だったの？」

とたずねると、おじさんは絵にむちゅうになっているのか、うわのそらで、

「ううん、病気じゃない。自殺したんだ」

「自殺……？」

良平が目をまるくしていると、

「そうだ。気がちがって自殺したんだ。いかにも天才画家らしいじゃないか」

と、おじさんはなおも熱心に、その絵に見入っていたが、

「そうだ。ぼくはまだ、ねえさんに、新築祝いをあげてなかった。ひとつ、これを買っておくることにしよう。応接室の壁に、ちょうど、てごろの大きさじゃないか」

と、奥のほうへいきそうにしたので、びっくりしたのは良平である。

「おじさん、およしなさいよ。この絵、気味が悪いよ。それに自殺したひとの絵なんか……」

「アッハッハ、良平は子どものくせに、いやに迷信家だね。そんなこと、なんでもないさ」

店の主人にかけあうと、ねだんもてごろだったので、金をはらって、あとからとどけてもらうことにしたが、そのときだった。

表からはいってきた黒メガネの男が、その絵を見ると、びっくりしたようにそばへより、しばらく、熱心に見ていたが、やがて主人にむかって、

「きみ、きみ、この絵はいくらかね。わたしにゆずってもらいたいのだが……」

とたずねた。主人はこまったように、

「いえ、あの、それはたったいま、このかたにおゆずりしたばかりで……」

それを聞くと、黒メガネの男は、ギロリと欣三おじさんの顔を見て、

「しつれいですが、この絵をわたしにゆずってくださらんか。いくらでお買いになったのか知りませんが、わたしは倍はらいます」

と、はや、紙入れをだしそうにしたので、欣三おじさんはムッとして、

「お気のどくですが、それはおことわりします」

「倍で気にいらなければ、三倍でも四倍でも……」

それを聞くと欣三おじさんは、いよいよふゆかいな顔をして、

「いや、ぼくはもうけようと思って、この絵を買ったのじゃありません。気にいったから買ったのです。十倍が百倍でも、おゆずりすることはできません。おい、良平、いこう。おじさん、晩までにとどけてくれたまえ」

おじさんはそういうと、さきに立って店を出かけたが、すると、そのときうしろから、その男が気味悪い声でよびとめた。

「おい、きみ、きみ」

「なに？」

「そんなことをいって、あとで後悔するな」

そのことばに良平がギョッとしてふりかえると、黒メガネの男はメガネの奥からもの

すごい目でこちらをにらんでいるのだった。

　油絵はその晩、古道具屋からとどいたが、おかあさんもその絵を見るなり、

「まあ、良平のいうとおりだわ。欣三さん、これ、なんだか気味の悪い絵ね」

「アッハッハ、ねえさんまでそんなことおっしゃっちゃいけません。せっかくぼくが新築祝いにおおくりしようというのに……」

「ホホホ、すみません。じゃ、いただいとくわ。ありがとうね」

「では、さっそく応接室にかけますから、ねえさんも手伝ってください。おい、良平、道具箱を持ってきてくれ」

「はい」

　そこで良平も手伝って、油絵を応接室の壁にかけると、三人で、あらためてその絵のまえに立ってながめた。

「まあ、こうして見ると、やっぱりいいわね。はじめはあんまり赤いので、なんだか気味が悪いように思ったけれど」

「それがこの画家の特色なんですよ。赤の画家といわれていたくらいですからね」

「でも、そのかた、どうして自殺なすったの？」

「それがよくわからないんです。かきおきがなかったんでね。きっと、気がちがったんだろうといわれています。天才と狂人は紙一重だといいますからね」

「じゃ、ぼく、天才なんかになりたくないや」

良平がうっかりそんなことをいってのけたので、一同大笑いになったが、ちょうどそこへ、美しいお客さまがあった。

「まあ、おにぎやかですこと。みなさま、なにを笑っていらっしゃいますの」

そのひとは森美也子《もりみやこ》といって、おなじ町に住んでいる娘だが、良平の一家がこちらへひっこしてきてから、親しくなり、ちかごろでは欣三おじさんの、仕事の手伝いをしているのだった。

「やあ、美也子さん、いらっしゃい。なにね、良平のやつが、おもしろいことをいうものですから……」

と、欣三おじさんがいまのいきさつを話して聞かすと、美也子はふきだすかと思いのほか、見る見るまっ青になった。

「まあ、それじゃこれが、杉勝之助というひとの絵なんですの」

と、そういう声がなぜかふるえているようなので、一同はおもわず顔を見合わせた。

「そうですよ、美也子さん。あなたは杉という男をごぞんじですか」

「はあ、あの、ちょっと……」

と、そういったかと思うと、美也子はきゅうにハンカチをだして、目を押さえたので、欣三おじさんもおかあさんも、いよいよびっくりして目を見合わせてしまった。

美也子は、やがて涙をふいてしまうと、

「しつれいいたしました。つい、むかしのことを思いだしたものですから……わたし、杉さんというかたにおうらみがございますの。でも、あのかたをおうらみするのは、わたしどもの思いちがいかもしれないんですの。なにしろ、あのかたは死んでしまわれたので、おたずねするわけにもまいりませんし……」

「美也子さん、それはいったいどういうことですか。杉がなにか悪いことでも」

「それはいつか、おりがあったら申しあげますわ。わたしどもの思いちがいだったとしたら、杉さんにたいへんしつれいなことですから……それより、先生、お仕事をつづけましょう」

それを聞くとおかあさんは、良平の手をとって、

「そう、それじゃ良平、しつれいしましょう。おじさまのお仕事のじゃまをしてはいけませんからね。美也子さん、ごゆっくり」

「おくさま、たいへんしつれいいたしました」

美也子はなんとなく、かなしそうな顔をして、おかあさんや良平に頭をさげた。

その晩、良平はじぶんのへやへ帰ってきても、美也子のあのかなしそうな顔が、気になってたまらなかった。

それというのが良平は、美也子がたいへんすきなのである。美也子はとてもきれいで、やさしくて、だれにもしんせつだった。そして、なにをさせてもよくできるのだ。おかあさんもおじさんも、美也子の頭のよいのをほめている。それに美也子は、たいへんふしあわせな身の上なのだった。

美也子はむかしからこの町に住んでいるのだが、まえに住んでいた家は、とてもりっぱな、大きなうちだった。

それが戦争からこっち、だんだんびんぼうになり、家もてばなさなければならなくなったうえに、おとうさんがきゅうに亡くなったので、いまではおかあさんとたったふたりで、みすぼらしい家にすんでいるのである。

なおそのうえに、おかあさんが、長い病気で寝ているので、いよいよこまって美也子が、はたらく口を見つけなければならなくなったが、ちょうどそのころ、ひっこしてきたのが良平の一家であった。

欣三おじさんは美也子の気のどくな事情を聞くと、じぶんの仕事の、手伝いをしてもらうことにした。

欣三おじさんは小説家だが、小説を書くためには、いろいろ材料をあつめたり、調べたりしなければならない。美也子はその材料をあつめたり、また、図書館へいって、いろいろなことを調べたり、原稿の清書《せいしょ》をしたり、さてはまた、おじさんのしゃべることを筆記したりするのだが、頭がよいので大だすかりだと、おじさんは、とてもよろこんでいるのである。

こうして美也子が毎日のように、おじさんのところへ出入りをしているうちに、良平はとても美也子がすきになってしまったのだ。

そこで、あるときおかあさんに、

「ねえ、おかあさん、美也子さんみたいなひとが、おじさんのおよめさんになるといいね」

　と、しかつめらしい顔をしていうと、おかあさんはびっくりして、良平の顔を見ながら、

「まあ、良平ったら、なにをいうの。あなたはまだ中学の一年ぼうずじゃないの。そんなこと考えるもんじゃありませんよ」

「だって、美也子さん、とてもいいひとだもの。それに頭もいいし、おじさんのお手伝いだってよくできるんだもの」

「だめ、だめ、子どもがそんなことというもんじゃありません」

　おかあさんはそういって、良平をたしなめたが、しかし、その顔を見ると、少しもおこっているようではなくて、かえって、ニコニコしているのだった。

　その美也子が、杉勝之助というひとの絵を見て、どうしてあんなに泣きだしたのか、美也子は自殺したという天才画家に、どんなうらみがあるのだろうか……。

　そのとき良平の頭にフッとうかんだのは、きょう古道具屋であった、あの気味の悪い男のことである。あの男はとてもあの絵をほしがっていたが、あれにはなにか、ふかいわけがあるのではあるまいか……。

　そう考えると、あの気味の悪い悪魔の画像に、なにかふかい秘密がありそうに思えて、良平は胸がワクワクしてくるのだった。

すすり泣く声

その晩の真夜中ごろのことである。

良平はねどこのなかで、ふと目をさました。どこかでひとのすすり泣くような声が、聞こえたような気がしたからだった。

良平はハッとして、くらがりのなかで耳をすました。すすり泣く声はもう聞こえなかったが、間もなく、ガタリと、なにかの倒れるような音がした。

良平は、ハッと、ねどこからはねおきた。

いまの物音は、たしかに応接室から聞こえたのだ。

良平のあたまに、そのとき、サッと思いうかんだのは、応接室にある悪魔の画像のこと。それと同時に、古道具屋であった、あの気味の悪い男の目つきやことばを思いだすと、良平はなんともいえぬ恐ろしさを感じないではいられなかった。

ひょっとすると、あの男が、悪魔の画像をぬすみにきたのではあるまいか……。

良平は心臓がガンガンおどって、全身からつめたい汗がにじみ出るのを感じた。

しかし、良平はすぐに、じぶんがこわがっていてはいけないのだと考えた。そのころ、おとうさんは仕事のために、十日ほどの予定で、関西のほうへ旅行しているさいちゅうだったので、じぶんがしっかりしなければいけないのだと決心したのである。

良平はそっとねどこからぬけだすと、離れにねているおじさんをおこしにいった。

「おじさん、おじさん、おきてください」

くらがりのなかでおじさんをゆすぶっていると、応接室のほうからまたへんな声が聞こえてきた。だれかがすすり泣いているのだ。それを聞くと良平は、全身につめたい水をかけられたような、恐ろしさと気味悪さに、ガタガタとふるえながら、

「おじさん、おじさん、おきてください」

ゆすぶっていると、おじさんはやっと目をさました。

「良平か。どうしたんだ。いまごろ……」

「おじさん、応接室のなかにだれかいるんです」

「どろぼう？」

おじさんはびっくりしてはねおきた。

「ええ、でも、だれか泣いているんです」

「泣いている？」

くらがりのなかで、ふたりが耳をすましていると、応接室のほうで、またガタリと物音がした。それを聞くとおじさんは、ねどこからとびだし、くらがりのなかで帯をしめなおして、へやから出ると、

「良平、おかあさんは？」

「おかあさんは知らないようです」

「よし、じゃ、そのままにしておけ。びっくりさすといけないから。良平、おまえじぶんのへやへいって野球のバットを持ってこい」

良平がバットを持ってくると、おじさんは、それを片手にひっさげて、応接室のドアのまえまでソッとしのびよった。良平もそのあとからくっついていく。心臓がガンガンおどって、胸がやぶれそうだった。

応接室のなかにはたしかにだれかいるのだ。ガサガサという音が聞こえる。しかし、ふしぎなことにはそれにまじって、ひくいすすり泣きの声が聞こえるのである。

おじさんもそれを聞くと、さすがにギョッとして、息をのんだが、すぐに気をとりなおして、ドアのにぎりに手をかけると、いきなりぐっとむこうへ押しながら、

「だれだ！　そこにいるのは！」

そのとたん、へやのなかでは、ドタバタといすやテーブルにぶつかる音がしたが、やがてだれかが窓から外へとびだした。

「ちくしょう、ちくしょう！」

おじさんはむちゃくちゃにドアを押したが、むこうから、つっかいぼうがしてあるらしく、十センチほどしかひらかない。

「だめだ。良平、庭のほうからまわろう」

かって口から庭へ出ると、裏木戸があけっぱなしになっている。ふたりはすぐそこから道へとびだしたが、あやしいものの影は、もうどこにも見当たらない。

しかたなしにふたりは、応接室の窓の下までひきかえしてきたが、そのとたん、ギョッとしたように息をのみこんだ。

窓のなかから、まだすすり泣きの声が聞こえてくるではないか。

良平もおじさんも、それを聞くとゾッとしたように顔を見合わせたが、すぐつぎのしゅんかん、おじさんは窓をのぼって、へやのなかへとびこんだ。良平もそれにつづいたことはいうまでもない。

おじさんが電気のスイッチをひねったので、応接室はすぐに明るくなったが、見ると、そこにはひとりの少女が、いすにしばられ、さるぐつわをはめられて、目にいっぱい涙をたたえ、むせび泣いているではないか。

おじさんはいそいでそのナワをとき、さるぐつわをはずしてやると、

「きみはいったいだれなの。どうして、いまごろこんなところへやってきたの？」

おじさんは、できるだけやさしくたずねたが、少女はただもう泣くばかりで、なかなかこたえようとはしないのだ。

「良平、おまえこの子知ってる？」

「ううん、ぼく、知りません。いままで一度も見たことのない子です」

まったくそれは見知らぬ少女だった。としは良平とおないどしくらいだろう。みなりこそまずしいけれど、かわいい、りこうそうな顔をした少女だった。

おじさんはまた、なにかいいかけたが、そのときドアを外からたたいて、

「まあ、欣三さん、良平、どうしたの。なにかあったの。いまのさわぎはどうしたの?」

そういう声はおかあさんである。見るとドアのうちがわには、大きな長いすが押しつけてある。おじさんはそれを押しのけながら、

「アッハッハ、ねえさん、なにもご心配なさることはありませんよ。どろぼうがはいったのですがね、かわいいおきみやげをおいて、逃げてしまいましたよ」

「まあ、そしてなにかとられたの」

おかあさんのそのことばに良平は、はじめて気がついたように、へやのなかを見まわしたが、すぐアッと叫ぶと、

「おじさん、おじさん、やっぱりそうだよ。どろぼうはあの絵をぬすみにきたんだよ」

その声におかあさんもおじさんも、ハッと壁のほうをふりむいたが、そのとたん、ふたりともおもわず大きく目を見張った。

ああ、どろぼうはあきらかに、悪魔の画像をぬすみにきたのである。

しかし、あの大きながくぶちから、はずすことができなかったので、ふちから切りぬいていこうとしたのだろう。半分ほど切りぬかれたカンバスが、ダラリとがくぶちからぶらさがっているのだった。

どろぼうの忘れ物

おじさんが電話をかけると、すぐにおまわりさんがやってきた。そのおまわりさんは上村《かみむら》さんといって、たいへんしんせつな人だった。

上村さんは話を聞くと目をまるくして、

「へえ、どろぼうがこの子をおきざりに……」

上村さんはなだめたり、すかしたりして、さまざまにたずねたが、少女は泣くばかりで、ひとこともこたえない。上村さんはとほうにくれて、とうとう少女を警察へ連れていくことになった。

「ねえ、上村さん、おねがいですから、この子をあまりおどかさないでね」

おかあさんは心配そうに少女にむかって、

「あなた警察へいったら、なにもかも、正直にいうんですよ。こわがることはありませんからね。あなたは悪い子じゃない。それは、このおばさんがちゃんと、知ってますからね」

少女はそれを聞くといよいよはげしく泣きながら、おまわりさんに連れていかれた。

その日は日曜日だったので、夜があけてからも一同は、このふしぎな事件について語り合った。しかし、だれにもこの謎を、とくことはできなかった。

どろぼうが、悪魔の画像をぬすみにきたことはわかっている。しかし、あの少女はどうしたのだろうか。あの子はどろぼうの仲間なのだろうか。

みんなそれをふしぎがっていたが、しかし間もなく、その謎だけはとけた。昼すぎに上村さんがやってきて、

「やっとあの子がしゃべりましたよ。あの子は杉芳子《すぎよしこ》といって……」

と、上村さんは悪魔の画像を指さしながら、

「この絵をかいた杉勝之助の妹なんです」

それを聞くと一同は、ギョッと顔を見合わせたが、そこで上村さんの語るところによるとこうなのだった。

杉勝之助が自殺したとき、芳子はまだ七つだった。ふたりには両親がなかったので、おじの諸口章太《もろぐちしょうた》というひとが、芳子をひきとった。そのとき章太は、勝之助の絵をすっかり売りはらってしまったのである。それがいまから八年ほどまえのことだった。

芳子はそののち章太に育てられたが、ちかごろおじのそぶりに、へんなところがあるのに気がついた。章太はときどき、真夜中ごろ、そっと帰ってくることがあった。しかも、どうかすると、まるく巻いた布のようなものを持ってくるのだ。芳子はあるとき、ソッとそれを調べて見て、それが八年まえに自殺した、兄の絵であることに気がついた。芳子はへんに思った。

ところがそのころある新聞に、ちかごろあちこちで、杉勝之助の絵がぬすまれるとい

う記事が出ていたのである。それを読んだときの芳子のおどろきはどんなだっただろうか。

　おじさんが、兄のかいた絵をぬすんでまわっている。なぜそんなことをするのかわからないが、それは悪いことにきまっている。

　あるとき芳子は泣いておじさんをいさめた。しかし章太は聞こうとはせず、その後も勝之助の絵のありかをつきとめては、ぬすんでくるのだ。芳子は気ちがいになりそうだったが、まさか実のおじをうったえるわけにもゆかない。

　ゆうべもおじが家をぬけ出したので、そっとあとをつけてくると、はたしてこの家へしのびこんだ。そこでじぶんもあとからはいってきて、とめようとしたが、章太はその芳子をいすにしばりつけ、さるぐつわをはめてしまったのだというのだ。

「おそらくこの絵を切りとったらいましめをといて、連れて帰るつもりだったんでしょうが、そのまえに発見されたんですね」

　三人は話を聞いて、おもわず顔を見合わせた。

「それで、その男はどうしました？」

「あの子から住所を聞くとすぐ行ってみましたが、もちろん帰っちゃいませんよ。ところでここにわからないのは、その男がどうして杉勝之助の絵を、そんなに熱心にさがしているのかということです。杉の絵には、そんなにねうちがあるのですか」

「杉はたしかに天才でした。しかし、それはごく一部のひとがみとめているだけで、世間では問題にしていなかったのですから、いまきゅうに値が出るとは思えませんね」

「だからわからないのです。ひょっとするとその絵には、なにか秘密があるんじゃないでしょうか。絵のねうちとはべつに……」

それを聞くと良平は胸がドキドキした。いままでに読んだ探偵小説などを思いだし、きっとその絵の裏に、なにかたいせつなものがかくされているのだろうと思った。

しかし、すぐそのあてははずれてしまった。一同は悪魔の画像をがくからはずして、ていねいに調べてみたが、しかし、べつにかわったことも発見できなかったのだ。

こうして、一同は、奥歯にもののはさまったような、もどかしさをかんじたが、するとそこへ美也子がみまいにやってきた。美也子は欣三おじさんから、ゆうべの話を聞くと、目をまるくしておどろいていた。

「ねえ、美也子さん。あなたは杉にうらみがあるといってましたね。それはいったいどんな話なの。なにか参考になるかもしれないから、ひとつその話をしてくれませんか」

そういわれると、それ以上かくすわけにもいかず、美也子はつぎのような話をした。

美也子のうちにはエル・グレコの絵があった。エル・グレコというのは、いまから三百年あまりまえに死んだスペインの大画家で、グレコの絵といえばたいへんなねうちがあるのである。美也子のうちにあったのは、聖母マリアが幼いキリストをだいて、雲のなかに立っている図だったが、おとうさんが外国旅行をしたとき、フランスで買ってきたものなのだそうだった。

ところが戦後、うちがまずしくなったとき、その絵を売ろうとして専門家に見せると、いつの間にか、にせものにかわっていたというのだ。

「父が外国から持って帰ったとき、それはたしかにほんものでした。それがにせものにかわっていたとすると、日本でだれかにすりかえられたにちがいございません。そこで思いだすのは、いまから九年まえ、杉さんがその絵を模写なすったことです」

模写というのは原画とそっくりおなじにうつすことで、画家は勉強のために、古い名画をよく模写することがあるのである。

「杉さんは一月ほどうちへかよって、その絵を模写なさいましたが、それはよくできた模写で、原画とそっくりでした。だからうちの絵がにせものにかわっていたとすれば、そのとき、杉さんが模写なすった絵よりほかにあるはずがなく、ひょっとすると杉さんが、だれかにたのまれて……という、うたがいも出てくるわけです。しかし、そのときには、杉さんはずっとむかしに亡くなられていたので、お聞きするわけにもまいりません。ゆうべ杉さんのお名まえをうかがったとき、ふとそのことを思いだし、いまもし、エル・グレコの絵さえあったら、おかあさまを入院させることもできるのにと……」

美也子がなげくのもむりはなかった。エル・グレコは世界的な大画家だから、いまその絵があったら、何千万円、いや何億円するかわからないのである。

良平は美也子の、かさねがさねの不幸に、同情せずにはいられなかった。

さてその日の夕がたのことである。なにかどろぼうの残していったものはないかと、もう一度家のまわりを調べていた良平は、窓の下の花壇のなかから、ふと、へんなものを見つけだした。

それはメガネだった。しかもその玉というのがまっ赤なガラスなのである。

良平はなんともいえない、へんな気持ちにうたれた。青メガネだとか、黒メガネなら、べつに珍しくもなんともない。しかし、赤い玉のメガネなど、いままで、見たことも聞いたこともないからだった。

良平はなんとなく、心のさわぐのをおぼえながら、しかし、これがどろぼうの落としたものだというしょうこもないので、そのままだれにも話さずに、そっとしまっておいた。しかし、あとから思えばこの赤メガネこそ、すべての謎をとく鍵だったのである。

画像の秘密

良平はねどこのなかで、またハッと目をさました。

どこかでガタリという物音……。

あれからきょうでちょうど十日目。

あの二、三日こそ、きょうくるか、あすくるかと、毎晩ろくに眠れずにいたが、五日とたち、一週間とすぎて、どろぼうの記憶もようやくうすれたこの真夜中……。

良平がねどこのなかで半身をおこして、じっと聞き耳をたてていると、とつぜん庭のほうから聞こえてきたのは、はげしい男のわめき声、それにつづいてピストルの音。

ギョッとした良平がねどこからとびだし、むちゅうになって洋服に着かえていると、なにかわめきながら、またズドンズドンとピストルをうちあう音。わめいているのは上村巡査のようだった。それにつづいて、だれかが裏の道を走っていく足音がした。

良平がやっと洋服を着て、へやから外へとびだすと、

「あっ、良平、あなた、いっちゃだめ」

だきとめたのはおかあさんだった。

「おかあさん、おかあさん、あれどうしたの」

「このあいだのどろぼうがまたきたらしいのよ。それを上村さんが見つけてくださすって……」

「おじさんは……？」

「おじさんは上村さんのかせいにいきました。しかし、あなたはいっちゃだめ。あぶないから」

「だいじょうぶです。おかあさん、ぼく、ちょっといってみます」

ひきとめるおかあさんをふりきって、外へとびだすと、遠くのほうでピストルの音、ひとのわめき合う声。その声をたよりに走っていくと、むこうに陸橋が見えてきた。

そのへんいったいは高台になっているのだが、その一部を切りひらいて、はるか下を

郊外電車が走っている。そして、上には、高い陸橋がかかっているのだ。

どろぼうはこの陸橋の上まで逃げてきたが、見るとむこうからもピストルの音を聞きつけて、パトロールの警官が走ってくる。うしろから上村巡査に欣三おじさん、それにさわぎを聞いてとびだした、近所のひとが大ぜい押しよせてきた。

どろぼうは、もう絶体絶命だった。

ズドン！　ズドン！

めくらめっぽうに二、三発、ピストルをうったかと思うと、ひらりと橋のらんかんをのりこえたが、そのとたん、古くなってくさりかけたらんかんが、メリメリと気味の悪い音をたててくずれてしまった。

「うわっ！」

どろぼうは、世にも異様な悲鳴を残してまっさかさまに落ちていった。

「あっ、落ちた、落ちた」

「下へまわれ、下へまわれ」

良平はドキドキしながら、はるか下の線路の上によこたわっている、どろぼうのすがたを見まもっていたが、どろぼうはもう、身動きをするけはいもない。そのうちに、線路づたいに、カンテラを持ったひとが四、五人、なにか叫びながら近づいていくのが見えた。

そこまで見とどけておいて、良平が家へ帰ってみると、さわぎをきいて美也子がおみまいにきていた。そこで応接室にあつまって、三人で話をしていると、半時間ほどして欣三おじさんと、上村さんが帰ってきた。

「おじさん、どろぼうは？」

「死んだよ、首根っこを折って。良平、やっぱりあの男だったよ。古道具屋で会った男……」

「どうも残念なことをしましたよ。きっともう一度やってくるにちがいないと、このあいだから気をつけていたんですが、かんじんなところで殺してしまって……これであの男が、なぜ杉の絵ばかりねらうのか、わからなくなってしまいましたからね」

職務に忠実な上村さんは、いかにも残念そうだった。おかあさんがいろいろお礼をいった。

「しかし、上村さん、あいつへんなメガネをかけてましたね。赤いメガネ……こなごなにこわれてましたけど、あれどういうわけでしょう」

赤いメガネ……！

良平はそれを聞くと、ハッとこのあいだひろったメガネのことを思いだした。

ああ、それではやっぱり、あれはどろぼうが落としていったものだったのか。

良平はそっとへやからぬけだして、じぶんのへやから赤いメガネを持ってくると、それをかけて応接室のなかを見まわしてたが、とつぜん、なんともいえぬ大きなおどろきにうたれたのである。

悪魔の画像にベタベタぬられたあの赤い色は、メガネの赤にすっかり吸収されて、そのかわりに、いままで、赤色のために目をおおわれていたべつの色、べつの形が、悪魔の画像の下から、くっきりとうかびあがってきたではないか。

幼いキリストをだいた聖母マリア!

「ああ、エル・グレコだ! エル・グレコの絵がそこにある!」

気ちがいのように叫ぶ良平をとりまいて、そこにどのようなさわぎがもちあがったか、それは諸君の想像にまかせることにしよう。

さて、エル・グレコを模写した杉勝之助は、毎日それをながめて勉強していたが、そのうちに、どうしても模写ではものたりなくなり、ほんものがほしくなった。そこで美也子の一家が軽井沢へ避暑にいっているすちゅうにしのびこんで、ほんものと模写とすりかえてしまったのである。

しかし、ほんものをそのまま、じぶんのアトリエにおいとくわけにはゆかない。なぜといって、そこには本職の画家たちがよくあそびに来るから、すぐほんものか模写か見やぶってしまうからなのだ。

そこでエル・グレコの絵の上に、べつの絵をかいておいたのだった。

きみたちは白い紙に、赤と青で線をひいて、その上に赤いパラピン紙をあてがうと、赤の線は消えて、青の線だけが紫になって見えることをたぶん知っているだろう。

杉勝之助はその原理を応用したのだ。そして、エル・グレコの絵が見たくなれば、赤いメガネをかけて観賞していたのである。

しかし、そのうちに良心のとがめと、とてもエル・グレコにおよばないという絶望から、とうとう気がくるって自殺したのだった。


勝之助のおじの諸口章太は、そんなことは知らないで、勝之助の絵を売ってしまった。ところがそれから四、五年もたって、勝之助の日記を読んで、はじめてそこに、そんな貴重な絵がかくされていることを知り、はじめのうちはかたっぱしから勝之助の絵をぬすんでまわっていたが、どれもこれも思う品ではなかったので、はじめて赤いメガネをかけて、ぬすむまえに、よく調べることを思いついたのだった。

悪魔の画像は専門家の手によって、きれいに洗いおとされた。そして、もとどおりエル・グレコの絵にかえると、欣三おじさんからあらためて、美也子にかえされた。

美也子はしかし、それを売ろうとはしなかった。売る必要がなかったからである。なぜといって、美也子さんはそれから間もなく、欣三おじさんと結婚したのだから……。

したがって、欣三おじさんは良平のうちを出たが、そのかわり、良平のうちには、また、新しい、よいお友だちがやって来た。

いうまでもなく、それが杉勝之助の妹の、あのけなげな芳子であることは、きっときみたちも想像がついたことだろう。

ビーナスの星

三人の乗客

阿佐ヶ谷でドヤドヤとひとがおりてゆくと、いままでこんざつしていた電車のなかはきゅうにしずかになった。

K大学生三津木《みつぎ》俊助《しゅんすけ》は、ホッとしたように読みかけの本をひざの上におくと、なにげなく車内を見まわしたが、広い車内には、じぶんのほかに、たったふたりしか乗客がいないことに気がついた。

ひとりは十四、五歳のかわいい少女である。俊助はなんとなくこの少女に見おぼえがあるような気がしたが、どこで見た少女なのか思いだせなかった。もうひとりは年ごろ四十歳ぐらいの小男で、こうしじまのコートのえりに顔をうずめるようにして、さっきからしきりにいねむりをしている。がらんとした電車のなかに、てんじょうの電燈ばかりがいやにあかるい。俊助はおもわずコートのえりを立てると、窓ガラスにひたいをくっつけるようにして外をながめた。

時間は夜の十一時すぎ。電車はいま阿佐ヶ谷と荻窪《おぎくぼ》のあいだの闇をついて、まっしぐらに走っている。

秋もすでになかばをすぎて、電車の外にはさむざむとした武蔵野《むさしの》の風景が、闇のなかにひろがっていた。

　このとき、ふとひとのけはいがしたので、俊助はなにげなくふりかえって見ると、今までむかいがわにいた少女が、いつの間にか俊助のすぐうしろにきて、重いガラス窓をあけようと、一生けんめいになっているところだった。

「窓をあけるのですか」

「ええ」

「あけてあげましょう」

　俊助が腕をのばして、重いガラス戸をあけたときである。ふいに、少女のあらい息づかいが、俊助の耳のそばであえぐようにはずんだ。

「おねがいです。助けてください」

「え？」

　俊助はおどろいてふりかえると、

「きみ、いまなにかいいましたか」

「あら！　いいえ。あの、あたし……」

　少女はどぎまぎして、なにか口ごもりしながら、窓からくらい外をのぞいている。

　じみなサージの事務服の上に、まっ赤な毛糸のマフラーをかけているのが目についた。目のぱっちりしたりこうそうな感じのする少女で、二つにあんで肩にたらした髪の毛が、ヒラヒラと風におどっている。

――みょうだなア。たしか助けてくれといったようだったがなア。そら耳だったのかしら？

俊助はふしんそうに、少女の横顔をながめていたが、やがて思いあきらめたように、読みかけの本を取りあげた。するとそのとたん、美しい彼のまゆねにそっとふかいしわがきざまれた。見おぼえのない紙きれが一枚、いつの間にやら本のあいだにはさんであるのだ。

俊助はなにげなく、その紙きれの上に目を走らせた。

オネガイデス。吉祥寺《キチジョウジ》マデオリナイデクダサイ。悪者ガワタシヲネラッテイマス。助ケテクダサイ！

あわただしいエンピツの走り書きなのである。

俊助はおもわずドキリとして息をのんだ。考えるまでもない手紙の主は少女にきまっていた。さっき俊助が窓をひらいているあいだに、手早く本のあいだにはさんだのであろう。

それにしても『悪者がわたしをねらっています』というのはおだやかでない。いったい、どこに悪者がいるのだろう。

俊助はふと気がついたように、むこうのほうにいる男のほうへ、ソッと目をやった。

するとどうだろう。今までいねむりをしていると思っていたあの男が、帽子の下からするどい目をひからせて、じっとこちらのほうを見ているのに気がついたのである。男は俊助の視線に気がつくと、あわてて目をそらしたが、ああ、その目のひかりのものすごさ。

俊助はおもわずゾーッとしたが、しかしそれと同時に、ふしぎなくらい心のよゆうができてきた。彼はしずかに紙きれをポケットにしまうと、真正面をむいたまま、ひくい声で、

「しょうちしました。ぼくがいるから心配しないで」

と、ささやいた。

電車は間もなく荻窪についた。かれは、そこで下車するはずだったが、かれはおりなかった。

少女は寒そうにマフラーをかき合わせながら、ときどき哀願《あいがん》するように目をあげて、俊助の顔を見るそのかわいらしい顔を見ているうちに、俊助はフッとこの少女を思いだした。

彼女は新宿堂という大きなパン屋の売り子としてはたらいている、けなげな少女だった。

「きみの名、なんていうの？」

「あたし、瀬川《せがわ》由美子《ゆみこ》といいますの」

「由美子さん、いい名だね」

ふたりがこんな話をしているうちに、電車は吉祥寺へついた。すると、今までいねむりしているようなふうをしていた例の小男が、すっくと立ちあがると、ジロリとものすごい一べつをふたりのほうにくれて、スタスタと電車から出ていった。

なんともいえないほど気味の悪い目つきだった。俊助と由美子は、おもわずゾーッとして顔を見合わせたのである。

発明家兄妹

「きみはあの男知っているの？」

ふたりがプラットホームへ出て見ると、もうさっきの男のすがたは影も形も見えなかった。

「いいえ。まるきり知らないひとですの」

由美子は寒そうに肩をすぼめながら、

「それが、どういうわけか、このあいだからしじゅうああして、あたしのあとをつけていますのよ。あたしも気味が悪くて、気味が悪くて……。ほんとうにありがとうございました。あのひととふたりきりになったらどうしようかと思いました」

「とにかく、そこまで送っていってあげよう」

乗り越し料金をはらってふたりが改札口を出ると、ゴーッとすさまじい音をたてて、冷たい夜風が吹きおろしてきた。時間が時間だから、どの家も戸をとざして、シーンと寝しずまっている。

「きみのうちはどのへん？　駅の近くなの？」

「井《い》の頭《かしら》公園《こうえん》のむこうですの」

「それじゃたいへんだ。そんなさびしい道を、きみは毎晩ひとりで帰っていくの。だれもむかえにきてくれるひとはないのですか」

「ええ、にいさんが、このあいだから、かぜをひいて寝ているものですから」

「にいさんのほかにだれもいないの？」

「ええ」

由美子はかなしげにため息をついた。

「それは気のどくだ。じゃ、とにかくとちゅうまで送ってあげよう」

「あら、だって、そんなことをなすっちゃ、荻窪へお帰りになる電車がなくなりますわ」

「なあに、そうすれば歩いて帰りますよ。さっきのやつがどこかにかくれているかわからないし……さあ、いっしょにいってあげよう」

「ええ、すみません」

そこでふたりはならんで歩きだした。

みちみち由美子が問われるままに語ったところによると、彼女はたいへんかわいそうな身の上であった。三年ほどまえまでは、彼女の家庭はひとにうらやまれるくらいゆうふくであったが、父と母があいついで亡くなってからというもの、バタバタと家運がかたむいてしまって、今では兄とふたりきり、びんぼうのどんぞこに、とりのこされてしまったのである。

「それで、にいさんはなにをしているのですか」

「にいさんはたいへんかわったひとですの」

由美子はちょっとためらいながら、

「親戚や知り合いのかたは、みんなにいさんをきちがいだといいますけれど、あたしはあくまでもにいさんを信じてます。にいさんはただしくて強いひとです。いま、ある発明に熱中しておりますの」

「発明？」

「ええ、親類のひとたちは、てんで相手になってくれませんけれど、あたしにはにいさんに力があることがわかっています。ただ残念なことには、あたしたちはびんぼうなものですから、ろくに研究材料も買えなくて、あたし、それでいつでもにいさんを気のどくだと思っています」

「なるほど、よくわかりました。それできみは、そうしてはたらいて、にいさんの研究を助けているのですね」

「ええ、……おばさまさえ生きていらっしゃれば、こんなことせずともよかったのですけれど……」

「おばさまというと……」

「ごぞんじありませんか？　去年ウィーンで亡くなった声楽家の鮎川里子《あゆかわさとこ》というひとですの」

　俊助はびっくりして由美子の顔を見た。

　日本人で鮎川里子の名を知らぬ者があるだろうか。日本のほこりというよりも、世界の宝玉とまでたたえられた、偉大な芸術家である。

　その鮎川里子が、このまずしいパン屋の売り子のおばであろうとは！

「おばはやさしいかたでした。あたしたち一家に、つぎつぎと不幸が起こったときには、あのかたは遠い外国にいられたのですが、あのかただけがほんとうに、あたしたち兄妹のために泣いてくださいました。

　そして、にいさんがあの発明に熱中しだしてからというもの、お金持ちの親戚たちが、つぎつぎとはなれていったなかに、おばだけはいつも外国からやさしいげきれいの手紙をくださいました。

　研究の費用にといって、ばくだいなお金を送ってくだすったことも一度や二度ではありません。しかし、そのおばも今はもういないひとです」

「しかし、おばさまは死なれるとき、きみたちには、なにも残していかなかったの」

「おばは、お金のことにはいたって淡白なかたでしたの。だからお亡くなりになったあと、ごくわずかの財産しか残っていなかったという話です。それもみんな、親戚のひとたちがわけてしまって、あたしたちには、なにひとつゆずられませんでした。なにしろおばさまも、そんなにきゅうに死ぬとはお思いにならなかったので、あたしたちのために、用意をしておいてくださるひまがなかったのですわ」

由美子は、ホッとかるいため息をもらした。

道はいつしか町をはずれて、暗い森のなかにさしかかっていた。このあたりの森は、武蔵野でも有名なのだ。スクスクとのびたスギの大木が、昼でも、うっそうとして日の光をさえぎっている。ましてやこの夜ふけ、通りすがりのひとなどあろうはずがなかった。ゴーッと梢《こずえ》をゆすぶる風のものすごさ！　一メートル先も見えないまっ暗闇の気味悪さ！

「あら、ごめんなさい。つまらない話に気をとられてこんな遠くまで送っていただいたりして、もうよろしいんですの。ほら、むこうに灯《あかり》のついた家が見えるでしょう。あれが、あたしの家ですの。どうぞお帰りになって」

「ついでだから、家の前まで送りましょう」

「いいえ、もう、どうぞどうぞ。ここからもうひと走りですわ。電車がなくなるといけませんせん。ほんとうにもう、お帰りなすって」

由美子があんまりいうものだから、しいてというのもかえって悪いかと思った。そこ

で俊助は帽子に手をあてると、

「そうですか。じゃあこれでしつれいしましょう」

「ありがとうございました」

俊助がくるりときびすをかえしたとき、風がゴーッとうずをまいて、ふたりの周囲を通りすぎていった。

闇のピエロ

あとから考えると、このとき俊助は、やっぱり家の前まで由美子を送っていってやったほうがよかったのである。というのは、それから間もなく、つぎのような恐ろしい事件が、由美子の身にふりかかってきたからだ。

俊助に別れた地点から由美子の家まで、近いように見えて、そのじつかなりの距離があった。由美子はマフラーのまえをかき合わせて、うつむきかげんに一心に足をはこばせた。

由美子はやっと暗い森をつきぬけて、川ぞいの土手の上にさしかかった。そのへんは、星あかりでいくらかあかるんで見えるのだ。由美子の家はつい、目と鼻の先にせまってきた。

と、このときである。とつぜん、道ばたのスギの大木の根もとから、ゆうゆうとおどりだしてきた、まっ白な大入道、由美子はハッとしてそこに立ちすくむ。

暗いのでよくわからないが、白い着物を着た、とても背の高い人間である。

そいつがヒョイヒョイとおどるような腰つきで、由美子の前に立ちふさがると、いきなり大きな手が由美子の肩をつかんだ。

「オ嬢サン、オ嬢サン。アナタ、瀬川サンノオ嬢サン、デショ」

みょうな声だ。鼻にかかった、とてもふめいりょうなことばつきなのである。由美子は恐ろしさのために、全身の血がジーンと一時にこおってしまうような気がした。

見るとその大入道は、ちょうどサーカスなどによく出てくる、ピエロのような服装をしているのである。先にふさのついた三角型のトンガリ帽に、白地に赤い丸をところどころそめだしたダブダブの洋服。おまけに、このピエロ、面をかぶっている。

表情のない、まっ白なその仮面の気味悪さ！

「オ嬢サン、オ嬢サン、ワタシ、アナタニ話アリマス。コワイコトアリマセン」

由美子は恐ろしさに、ブルブルふるえていたが、きゅうに勇気をふるって、男のからだをつきのけると、

「はなしてください。はなしてください。はなさないと、あたし声をたてますよ」

「コレ、シズカニ。逃ゲヨウトイッテモ、ワタシ逃ガシマセン」

「あれッ！　だれかきてえ！」

声におどろいて、奇怪なピエロはいきなり大きな手で由美子の口をふさごうとする。

そうされまいとする。そうしているうちに、ピエロの手がふと由美子のマフラーにかかった。するとなに思ったか、ピエロはいきなりマフラーのはしをわしづかみにした。そのマフラーでさるぐつわでもはめようと思ったのかもしれない。ズルズルと恐ろしい力でマフラーを引くのだ。

由美子はそれをとられまいとして一生けんめいだ。マフラーは由美子の肩をはずれて、ふたりのあいだに棒のようにピンと張り切った。そうしているうちに、由美子は足をふみすべらしたからたまらない。マフラーのはしをにぎったまま、ズルズルと土手の上から川のほうへ落ちていった。

土手の上にピエロが、マフラーのもういっぽうのはしを持ったまま大入道のようにつっ立っている。

「ハナシナサイ。ソノ手ヲハナシナサイ」

「いいえ、いやです。だれかきてください」

由美子がむちゅうになって叫んだときである。むこうのほうからいそぎ足でかけつけてくるひとの足音が聞こえた。それを聞くと、ピエロはチェッと舌うちをすると、いきなりポケットから大きなジャック・ナイフを取りだして、サッとそいつをふりおろした。

「あっ！」

由美子が叫んだときにはすでにおそかった。まっ赤な毛糸のマフラーが、まんなかからビリビリとたち切られたかと思うと、はしをにぎった由美子のからだは、もんどりうって土手から転落していったのである。

ピエロはしばらく腹ばいになり、じっと下のほうをうかがっていたが、ふいにからだを起こすと、例のおどるような歩きかたで、ヒョイヒョイと闇のなかに消えていった。

と、ほとんど同時にこの場へかけつけてきたひとりの男。

「おかしいな。たしかこのへんでひとの声がしたようだったがな」

と、懐中電燈をとりだしてあたりを照らしていた。見るとまぎれもなくこの男は、さっき電車のなかで由美子をおびやかした、あのこうしじまのコートの小男なのである。

男はしばらく懐中電燈で地面の上を調べていたが、そのうち、ふとみょうなものを見つけた。それはひとの足あとなのである。しかし足あとにしてはみょうなところがあった。というのは、その足あとというのはただ一つ、右の靴あとしかないのだ。そして、とうぜん左の靴あとの見えなければならぬところには、ステッキのあとみたいな小さなあなだけがボコボコとついているのだ。つまり、そいつは左の足に、棒のような義足をはめた怪物の足あとなのだ。

これを見ると、くだんの男は、すぐ懐中電燈を消して、

「しまった。おそかったか！」

と叫ぶと、いっさんに闇のなかをかけだした。そのあとから、由美子が恐る恐る顔を出した。からだじゅう泥だらけになって、ところどころかすり傷ができて、そこから血がにじんでいる。それでも彼女はまだむちゅうになって、マフラーの切れはしをにぎっ

ていた。

由美子はしばらく闇のなかに目をすえて、じっとあたりをうかがっていたが、やがてソロソロと土手の上にはいあがると、ころげるようにして帰ってきたのはわが家の表口だ。

「にいさん、にいさん」

と、息せき切って玄関の小ごうしをひらいた由美子は、そこでまた、ハッとして立ちすくんでしまったのである。

座敷のなかには兄の健一がさるぐつわをはめられ、たか手こ手にしばられて、倒れていたではないか。

マフラーの切れはし

その翌日の夕がた、きのうとおなじ国電のなかで、今買ったばかりの夕刊をひらいて読んでいた俊助は、ふいにハッとしたように顔色をかえた。

「発明家兄妹、怪漢におそわる」

というような見出しのもとに、昨夜、吉祥寺で起こった怪事件がデカデカとのっているのだ。それによるとくせものはさいしょ、瀬川健一をその自宅におそい、これをたか手こ手にしばりあげて家じゅうかきまわしていったのち、こんどは妹の由美子の帰りを待ちうけて、これを襲撃したというのである。

俊助は、それを読むとまっ青になった。

——ああ、どうしてあのとき、じぶんはむりにでも、由美子を家の前まで送ってやらなかったのだろう。じぶんさえついていれば、こんな恐ろしいことは起こりはしなかったのだ。

新聞には、あまりくわしいことは出ていないが、由美子はひどいけがでもしたのではなかろうか。

そう考えると、すべての責任がじぶんにあるような気がして心配でたまらない。そこで俊助は、すぐその足で由美子兄妹を見舞ってやることに決心した。

吉祥寺まで電車を乗り越して、昨夜の森のなかをぬけてゆくと、小川の土手にさしかかった。

と、そのとき、ふとみょうなものが俊助の目にとまった。土手の上一面に咲きみだれた秋草のあいだに、なにやら赤いものがちらついている。

「おや、なんだろう」

俊助はおもわず身をかがめ、その赤いものをすくいあげたが、そのとたんかれはハッとしたように顔色を動かした。それは見おぼえのある由美子のマフラーであった。しかもまんなかから、もののみごとにプッツリとたち切られ、土足でふみにじったようにいっぱい泥がついているのである。

俊助がその泥をはらい落としているとき、うしろのほうで、草をふむ足音が聞こえたので、ハッとしてふりかえると、ひとりの男が、木立のあいだに立って、じっとこちらをながめている。

俊助はその男のようすを見ると、おもわず身がまえた。

昨夜の男だ。昨夜国電のなかで、由美子をおびやかしたあの男なのである。

男のほうでも、俊助の顔を見るとちょっとおどろいたようであったが、すぐにツカツ

カと木立のあいだから出てきた。

「きみ、きみ！　きみが今ひろったものはなんだね」

わりあいにおだやかな声音《こわね》なのである。

俊助は答えないで、無言のまま、じっと相手の顔を見つめている。四十歳ぐらいの小

男で、するどい目つきをしていたが、しかし人相は思ったほど兇悪《きょうあく》ではなかった。

せいいかんなまゆのあいだにも、どこかゆったりしたところが見えるのだ。

「きみ、ちょっとそいつを見せたまえ」

男はこうしじまのオーバーのあいだから、右手を出した。

「いやだ」

俊助はマフラーをうしろにかくしながら、一歩うしろにしりぞく。

「いいから、こちらへ出したまえ」

「いやだ。きみはなんの権利があってそんなことをいうのだ。きみはいったい何者だ」

「なんでもいい。出せといったら出さないか」

男はしだいに俊助のほうへつめよってくる。俊助は一歩一歩しりぞいてゆく。ふたりはグルリと道の上で円をえがいて、こんどは俊助のほうが木立のそばへ追いつめられていった。

そこにはがんじょうな鉄条網が張りつめられてあるので、しりぞこうにも、もうそれ以上しりぞくことができないのだ。

「きみ、きみ、出せといったらおとなしく出したまえ」

「いやだ！」

そう叫ぶと同時に俊助はネコのように身をすくめると、いきなり相手の男におどりかかっていった。ふいをくった相手の男はもろくもあおむけざまに、ズデンと道の上にころがったが、それを見るや俊助は、すばやく馬のりになってつづけさまに二つ三つポカポカとなぐった。

「このやろう、ひどいやつだ。昨夜瀬川兄妹をおそったのはきさまだろう」

「ちがう。はなせ！　苦しい」

小男は苦しそうに目をむいて、

「ちがう、ちがう。きみはなにかを誤解しているんだ。こら、やめんか。警察の者にてむかいすると、そのぶんにはしておかんぞ！」

「警察の者？」

俊助はそう聞きかえしながら、おもわずちょっとひるんだ。そのすきに男はすばやく、俊助のからだをはねつけてとびあがった。しかし、べつに俊助のほうへとびかかってこようとするのでもない。

「わけもいわずにいきなり声をかけたのは、こちらが悪かった。きみ、そのマフラーを持って、瀬川の家までやってきたまえ。なにもかも話してやるから」

そういうと、このふしぎな男は、俊助のほうには見むきもせずに、先に立って歩きだした。

石狩のトラ

「いやわけもいわずに由美子さんのあとをつけまわしていたのは、わしが悪かった。しかし、これも警視庁の命令だからかんべんしてもらいたい。わしは木下《きのした》という刑事なんだよ」

瀬川兄妹と俊助を前において、あのふしぎな小男は、はじめて身分をあきらかにした。

「しかし、その刑事さんがなんだって、由美子さんのあとを尾行しているんですか?」

俊助はまだふにおちない。

「ふむ、きみがふしんがるのもむりはない。じつは――」

と、木下刑事はひざをのりだすと、

「ちかごろ、北海道の警察から東京の警視庁にたいして、ひじょうに重大な報告をもたらしてきたのだ。

というのはほかでもない。むこうで石狩《いしかり》のトラという名で知られている、ひじょうに兇悪な強盗犯人が、東京に潜入したらしい形跡があるというのだ。じつに恐ろしいやつで、人殺しでも強盗でも、平気でズバズバとやってのけようという悪党なのだ。

警視庁でもすてておけない。ただちに手配して、最近、どうやらそいつではないかと思われるようなやつをひとり発見した。というのは、この石狩のトラというやつは、左足がなくって、木の義足をはめているものだから、それが目じるしなのだ。ところが、そいつが目をつけているらしいのが、ふしぎにも瀬川さん、あなたがたなんですよ」

「まあ!」

由美子は、おもわずくちびるまでまっ青になった。

しかし、そんな恐ろしい男が、どうして、こんなまずしい兄妹をつけねらっているのだろう。ぬすもうにもなに一つ持っていない、このびんぼうな発明家をねらって、いったいどうしようというのだろう。

「さあ、そのてんです」

と、木下刑事。

「警視庁でもそのてんわけがわからないので、とにかくまちがいのないようにといって、このわしがひそかにきみたちを護衛していたわけなんだ。それがかえってきみたちのうたがいをまねくもとなんだが、きょうになって、やっと石狩のトラの目的というのがわかった。瀬川さん、これはじつにようい ならぬ事件ですぞ」

「よういならぬ事件というと？」

健一は病弱らしい目をしばたたきながら、不安そうにたずねると、

「じつはきのう、北海道の警察からあらためて報告がとどいたので、はじめてわかったのだが、石狩のトラがねらっているのは、ビーナスの星らしいのだ」

「ビーナスの星というのは？」

「わしにもよくわからないが、なんでもヨーロッパの大国の皇室に、宝物としてつたわっていた、時価、数億円もしようという、すばらしいダイヤモンドだそうだ。ところが、そのダイヤは皇帝みずから声楽家の鮎川里子に贈られた。そしてさらに鮎川里子から、おいにあたる瀬川健一に、遺産としてゆずられたようすがあるというのですよ。

つまり瀬川さん、石狩のトラがねらっているのは、あなたのお持ちになっている、何億円もするというダイヤモンド、ビーナスの星らしいですよ」

かがやく星

健一と由美子のふたりはぼうぜんとして、おもわず顔を見合わせた。

「しかし、しかし刑事さん。ぼくはそんな高価なダイヤをゆずられたおぼえはありませ

んよ。それはきっとなにかのまちがいでしょう」

「さあ、そこだ」

と、刑事はひざをのりだして、

「鮎川里子さんも、きっと悪党がこのダイヤをねらっていることを知っていられたので、とちゅうでうばいとられるきけんがあると思って、なにかにかくして、あなたがたのところへ送ってこられた。ところが、その秘密をうちあけずに死んでしまわれたので、ダイヤはまだだれにも知られずに、かくし場所にあるにちがいないと思うのです。そこで瀬川さん、あなたはなにか鮎川さんから、生前贈られたものがありませんか」

「そういえば、おばは死ぬ少しまえに、由美子のところへ、きれいなフランス人形を送ってよこしましたが」

「それだ！　その人形のなかにあるのだ！」

「あっ！」

それを聞くと、ふいに健一が頭をかかえて、どうとその場にからだを投げだした。

「ぬすまれた！　知らなかった！　昨夜のくせものはわたしをしばりあげておいて、あのフランス人形を床柱にぶっつけ、こっぱみじんにしておいて、なにかさがしていました。ああ、あのとき、きっとダイヤを見つけて持っていったにちがいありません」

ああ、なんという失望！　なんというらくたん！　知らぬこととはいいながら、数億円もするダイヤを所持しながら、みすみすそいつを悪党のためにうばい去られたそのくやしさ。それだけの金さえあれば、健一の研究も、なに不自由なくつづけることができたのに……。

「にいさん、にいさん、しっかりしてください」

「ああ、おれはもうだめだ。おばのせっかくの心づくしを無にしてしまった。おれはなんというばかだったろう。おれの研究も、もうおしまいだ！」

さすがの木下刑事も、暗然としてことばが出なかった。

この若き発明家の失望、苦もんのさまから、おもわず目をそらすばかりであった。

そのときまで無言のまま、うしろにひかえていた俊助は、ふとひざをまえにのりだすと、

「由美子さん、これ、あなたのマフラーでしょう？」

「え？　ええ、そうですわ」

「今、むこうの土手の上でひろったものです。まんなかからまっ二つに切られていますが、どうしたのですか」

由美子はそこで昨夜のできごとを手みじかに話した。すると、俊助はギロリと目を光らせ、

「なるほど、すると、もういっぽうのはしをお持ちですか」

「はあ、ここにございますわ」

由美子はもういっぽうのはしを出して、それを俊助にわたした。

「由美子さん、このマフラー、あなたがお編みになったのですか」

「いいえ、これ、おばが編んであたしに送ってくださすったの。そうそう、あのフランス人形といっしょに」

「そうですか、瀬川さん。由美子さん」

俊助はキッとひとみをすえて、

「ダイヤはまだぬすまれてはいませんよ。ご安心なさい。ちゃんとぶじにこの家にあるはずです」

「え、なんですって？」

健一も由美子も木下刑事も、おもわず俊助の顔をふりあおいだ。

「よく考えてごらんなさい。ゆうべ、石狩のトラが、フランス人形のなかからダイヤを見つけたのなら、あいつはなぜ、そのまま逃げてしまわなかったのでしょう。なぜ由美子さんの帰りを待ちうけていたのでしょう。

それはフランス人形のなかにダイヤがなく、由美子さんがかけているマフラーのなかにあると考えたからです。

石狩のトラはこのマフラーをうばおうとしたが、由美子さんがはなさない。そこへ木下刑事がかけつけてくる。そこでやむなく半分切りとっていきました。

ごらんなさい。このマフラーのふさについた、丸いむすびめがみんなほぐしてあります。ではダイヤはそのなかにあったんでしょうか。いいや、ぼくはそうは思わない。ごらんなさい、このマフラーについた泥を――これはくやしまぎれに地面にたたきつけて、むちゃくちゃにふみにじったしょうこで、つまりダイヤがなかったからです。とすると、ダイヤはもういっぽうのはしにあることになるじゃありませんか」

そういいながら俊助は、いま由美子がとりだしたマフラーのはしについた丸いふさのむすびめを一つ一つていねいにほぐしていたが、そのうち四人のくちびるからは、いっせいに、

「あっ！」

と、いう感嘆と歓喜の叫び声がもれた。

ああ！　見よ。いましも俊助がほぐした赤い毛糸のむすびめから、コロリところがり出たのは、光輝燦然《さんぜん》！　見るもまばゆい青色のダイヤ、それこそ全世界になりひびいたダイヤモンドの女王、ビーナスの星だったのである。

それから間もなく、あの兇悪なかた足強盗の石狩のトラが、木下刑事にとらえられたことは、いうまでもあるまい。

健一と由美子の兄妹は、このダイヤを売ったばくだいな金で、いまでは幸福に暮らしている。そして、健一の発明が完成するのも、間もないことだろうといわれている。

怪盗どくろ指紋

サーカスの大事件

「まあ、ほんとうね、志岐《しき》さん。あのひと、うちの書斎にある写真とそっくりだわ」

「でしょう？　ぼくもきょう、あの少年の写真がポスターに出ているのを見て、びっくりしたのですよ。美穂子《みほこ》さん、それであなたをおさそいしたのですが、見れば見るほどよく似ていますね」

「ふしぎねえ。いったいどうしたというのかしら。あのひと、おとうさまとなにか関係があるのかしら」

新日報社の花形記者三津木俊助が、こういう会話をふと小耳にはさんだのは、国技館の三階だった。なにげなくふりかえってみると、そこには青年と少女が、双眼鏡を目にあてて、一心に、下の円型サーカスをながめている。

男は年の頃二十二、三歳、色の浅黒い青年である。少女はそれより八つばかりも年下の、目の大きいえくぼのかわいい娘で、ピンク色の洋服に、ピンクのコートが色白の顔によく似合っている。ふたりともなにかしら異様な熱心さで、すり鉢の底のようなサーカスをのぞきこんでいるのが気になった。

そのころ、蔵前《くらまえ》の国技館には大じかけなヒポドローム、すなわち大サーカスがかかっていて、都民の人気をあおっていた。俊助もそのひょうばんにひきずられて、なにげなく今夜見物にやってきたのだが、そこで思いがけなく耳にしたのがいまのささやき。

新聞記者というのは、だれしも耳の早いものだが、わけても敏腕の聞こえ高いこの俊助、なにやらいわくありげなふたりのささやきに、はてな？　とあらためて下のサーカスを見ると、いましも、呼びものの『幽霊花火』という曲芸がはじまろうとするところだ。

サーカスを見たひとならだれでも知っているだろう。ブランコからブランコへと飛びうつる空中の離れわざ――『幽霊花火』というのは、つまりそういう離れわざなのだが、いましも昼をあざむくサーカスへ、さっそうとおどりでたのは、年の頃十七、八歳、それこそ蠟人形のように美しい少年、ピッタリ身に合った薄桃色の肉じゅばんに、ピカピカ光る金色の胴着、ふさふさとした髪をひたいにたらしているその美しさ。

青年と少女が、あのひとといい、あの子というのは、どうやらこの少年のことらしいのである。

プログラムを見ると、空中大サーカス『幽霊花火』――栗生《くりう》道之助《みちのすけ》とあるが、この道之助こそは、ヒポドロームきっての人気者と見え、かれのすがたがあらわれると、場内はわれるような大かっさい。

「志岐さん、ほんとによく似てるわね」

美穂子という少女は、おもわず声をふるわせた。

「よろしい。それじゃぼく、ちょっと楽屋へいってあの子のことを聞いてみます」

「あら、そんなことをしてもいいの」

「だいじょうぶですよ。先生のごめいわくになるようなことはしやしませんから」

青年は観客をかきわけて出ていった。

意味ありげなこのようすに、俊助はいよいよ好奇心をあおられたが、そのときちょうど、にぎやかなシンフォニーの音楽とともに、空中大サーカス『幽霊花火』の幕が切って落とされた。

道之助はスルスルと長ばしごをのぼっていくと、やがてヒラリとブランコに飛びうつる。と同時に、場内の電燈という電燈が、いっせいに消えてまっ暗がり、そのなかにあってただ一点、道之助のからだばかりが金色の虹と浮きあがったから、満場あっと息をとめた。

思うに、道之助のからだには、リンか、あるいはそれに似た夜光塗料がぬってあるのだろうが、暗黒の空高く青白いほのおを吐きながら、もうろうと浮きあがったところは、いかにも幽霊花火か夜光虫――奇とも妙ともいえぬ美しさだ。

観客席からは、たちまちワッとあがる歓呼の声。道之助はそれにこたえて手をふると、やがて目もくらむような幽霊花火の曲芸がはじまった。

あるいは上下に、あるいは左右に、キラキラと金色の尾をひきながらとびかう幽霊花火は、やみのそこに、あるいは一団のほのおと化し、あるいは一すじの金の矢をえがい

て、おどりくるう金色のが！　ひとびとは鳴りをしずめてこの妙技に見とれていたが、
そのとき、とつじょ場内の片すみから、

「手がまわったぞ。道之助、逃げろ、逃げろ！」

という、ただならぬ叫び声が聞こえてきたかと思うと、それにつづいて、

「道之助、おまえを逮捕する。神妙にしろ！」

というどなり声とともに、ピリピリとやみをつんざく呼び子の音。さあたいへんだ。

これを聞いた観客が、いちどにワッとそう立ちになったからたまらない。場内は上を下への大そうどうになった。

「なんでもない。しずかに、おしずかにねがいます」

「電気をつけろ。電気だ電気だ！」

「キャー、た、助けてえ。ふみつぶされるう！」

と、悲鳴やどなり声がいりまじって、いやもうイモを洗うような大混雑。そのなかにあって、例の幽霊花火は、しばらくじっと下のようすをうかがっていたが、やがてヒラリとブランコから飛んだとみると、スルスルとやみの空中をはっていく。どうやら丸てんじょうにはられた綱のひとつに飛びついたのである。

「それ、逃げるぞ。ゆだんするな」

警官らしい足音が、闇のなかを行ったりきたりする。せめて電気でもつけばよいのだが、こしょうでも起こったのか、いつまでたってもあたりはまっ暗。その中を幽霊花火

は、スルスルと空中をぬって三階へとびおりると、ガラス窓をけって、さっとそとへとび出した。

あとには美穂子がぼうぜんと立ちすくんでいる。

幽霊花火の正体

その夜、浅草蔵前を通りかかったひとびとは、前代未聞の大捕物に血をわかしたのである。

夜空にそびえる国技館の大ドームから、一かたまりの光の玉がとび出したかと思うと、サッと人家の屋根にとびおり、ネズミ花火のように、屋根から屋根へところげていったからさあたいへん。付近にはやじうまがぎっしりとあつまって、

「やあ、あそこへ出てきたぞ。ほら、かどのタバコ屋の屋根の上だ」

「あ、あっちへ逃げるぞ。川のほうへいくぞ」

「気をつけろ。とびおりるかもしれないぞ」

と、まるでネズミでも追いまわすようなさわぎだ。

やがて警官の一行が屋上にすがたをあらわしたが、なにしろ相手は本職の少年曲芸師、屋上の鬼ごっこではとてもかなうはずがない。道之助は川を目ざして逃げていったが、そのうちに追っ手の数はしだいに増していく。

警官にまじって、やじうまが四方八方からひしひしとつめよせてくるのだ。つごうの悪いことには、道之助は全身から、あの青白い燐光をはなっているのだから、かくれるにもかくれることができない。ようやく川ぞいの家まで逃げのびたものの、見れば、周囲にはひしひしと追っ手がせまっている。

絶体絶命！　道之助は絶望的な目つきであたりを見まわしたが、ふいに身をひるがえすと、そばにあった浴場の煙突にスルスルと登り出したから、ハッと、一同かたずをのんでながめているうちに、地上何十メートルという煙突の上、ようやくそのてっぺんにたどりついた道之助は、アッという間もない。サアーッと金色の糸をひいて隅田川へとびこんだ。

「あれ、川のなかへとびこんだぞ」

両河岸から、橋の上に鈴なりになったやじうまが、ワイワイとかけよってのぞいてみると、暗い水のなかに銀鱗をひらめかしながら泳いでいた道之助は、やがて一そうのモーターボートに泳ぎつくと、ヒラリとそれにとびのって、ダダダダダと、エンジンの音も勇ましく、波をけたてて下流のほうへまっしぐらに――それと見るなり追っ手の警官たちも、付近にあったモーターボートをかりあつめ、ただちにそのあとを追っかけたが、はたして首尾よく、道之助をとらえることができたかどうか――。

それはしばらくおあずかりとしておいて、こちらはふたたび、国技館の三階である。

道之助が窓から外へとび出していったあとで、俊助はむらがる見物をかきわけて、美穂子のそばへかけよったが、見ると彼女は、今にも気絶しそうにまっ青になっている。

「しっかりなさい、お嬢さん。あいつ、もう逃げてしまいましたよ」

「まあ、どうもありがとう」

「とにかく、出ましょう。ぼくは決してあやしいものじゃない。安心してつかまっていらっしゃい」

と、俊助が美穂子をかかえて、国技館から表へ出て見ると、あの捕物さわぎもおさまって、やじうまもあらかた散ってしまったあとだった。

「おじさま、どうもありがとう。おかげで助かったわ。あたし、ほんとにどうしようかと思ったの」

「なあに、そんなこと。それよりお嬢さんは、あの少年を知ってるの？」

「いいえ」

と美穂子は、ことばすくなに目をふせる。

俊助はここで、さっきチラと小耳にはさんだことばを、切り出して見ようかと思ったが、いやいやそんなことをすれば、相手に用心させるばかりだ。それよりここはしんぼうして、せめて相手の住所と名まえでも聞いておいた方がいいと、早くも心をきめると、

「そうですか。ときにお宅はどちら？　ひとりで帰れますか？　なんなら、送ってあげようか」

「いいえ、だいじょうぶよ。おじさま、むこうに自動車をまたしてあるのよ」

「ああ、そう。では、そこまでいっしょに……しかし、さっき、つれのひとがいたようだが、待たなくてもいいの？」

「ええ、いいんです。どうせ心配なんかしやしない。あのひと、おとうさまの助手で志《し》岐《き》英三《えいぞう》さんというんです」

と、問わずがたりに話す名まえを、俊助は心のなかに記憶しながら、

「ははあ、そしておとうさまというのは？」

「宗像禎輔《むなかたていすけ》といいます」

「ああ、それじゃ、あの、大学の――」

と俊助がおもわずそう聞きかえしたとき、

「ありがとう、おじさま。ここまで送っていただけばもういいわ」

と美穂子は軽くおじぎをして、道ばたに待たせてあった自動車にとびのった。

夜のやみをついて走る自動車のあとを見送った三津木俊助は、なんとなく、今夜のできごとが気になってならなかったのだ。

宗像禎輔といえばひとも知る有名な大学教授。その有名な博士と、あのサーカスの少年とのあいだに、いったいどのような関係があるのだろう。さっきチラと小耳にはさんだ会話によると、宗像博士の書斎には、道之助によく似た写真がかざってあるらしいのである。

――なににしてもふしぎな話だが、それにしても道之助とはいったい何者だろう。さ

っきの捕物さわぎはどういうわけだろう。そうだ。それからまずたしかめておかねばならない。

と、そこでもう一度国技館へとってかえした俊助は、だしぬけにポンとうしろから肩をたたかれて、あっとおどろいた。

「ああ、あなたは由利先生」

「三津木君、いいところで会ったね。じつはさっき、君の社へ電話をかけたのだがね」

と、ニコニコ笑っているのは、白髪で見るからに子供っぽい顔をした紳士である。

いったいこの紳士は何者かというと、これこそ由利先生といって世間でだれ知らぬ者はない名探偵、そして新聞記者の三津木俊助とは師弟もただならぬあいだがらなのである。

「じつはね、等々力《とどろき》警部から電話があって、かけつけてきたのだよ」

等々力警部というのは、警視庁きっての腕利きだが、これまた由利先生の弟子にあたる。

「すると先生は、こんやのこの捕物を、あらかじめごぞんじだったのですね」

「ふむ、知っていたよ。だからきみにも知らせてやろうと思って電話をかけたのだ」

「それで、栗生道之助とは何者ですか」

俊助はおもわず声をはずませた。

「じつはね、三津木君。このことはまだないしょだが、きょう警視庁の等々力警部のもとへ無名の投書がまいこんでね。それではじめてわかったのだが、道之助こそいま世間をさわがせているどくろ指紋の怪盗だというんだよ」

聞くなり俊助は、あっとばかりにおどろいた。

鏡にうつる影

俊助がなぜそのようにおどろいたか、またどくろ指紋の怪盗とは何者か、それをお話しするためには、ぜひともちかごろ東京をさわがせている、あの怪事件のことを説明しなければならないだろう。

そのころ、東京都民は、正体不明の怪盗のために、恐怖のどん底にたたきこまれていた。あるときは外国の高官が秘蔵する宝石類がうばわれた。またあるときは、有名な実業家を道に待ちぶせて、所持品ぜんぶをうばいとっていったものがある。そのほか、この怪盗のしわざをいちいちお話しすれば、それだけでもゆうに一篇の小説ができあがるくらいだが、しかも犯人の正体はぜんぜんわからない。風のようにきて、まぼろしのように去るというところから、はじめはまぼろしの賊と呼んでい

たが、そのうちにきみょうな事実が発見された。

この怪盗が仕事していったあとには、いつもきまって、名刺がわりでもあるように、指紋がひとつ残してあるのだが、問題はこの指紋なのである。

諸君、ためしにじぶんの指紋を調べて見たまえ。そこにはひとによって形こそかわっているが、ふつうひとつのうずまきがまいているのを発見するだろう。ところが、問題の指紋にかぎって、一本の指のなかに、三つのうずまきがかさなっているのである。まず、二つのうずまきが左右にならび、その下に第三のうずまきがついているという、じつに奇怪ともなんともいいようのないお化けの指紋、指紋学上でもかつて例のない異常指紋なのである。しかもそのかっこうが、まるでどくろが歯をむきだして、あざ笑っているように見えるところから、だれがいいそめたかどくろ指紋！

さてこそ、ちかごろではどくろ指紋といえば、泣く子もだまるといわれるくらい東京都民に恐れられているのだが、それにしてもあの道之助少年が、おそるべき怪盗であろうとは――。

話かわってこちらは美穂子だ。

ちょうどそのころ、美穂子はただひとり、暗い夜道の自動車にゆられていたが、とつぜん、ギョッとしたように目を見張った。むりもない。バック・ミラーにうつっている運転手の顔がいつものひととはちがうのである。

美穂子はガタガタふるえながら、それでも大きく見張った目でいっしんに鏡のなかを見つめている。目をそらそうとしてもそらすことができないのだ。と、ふいに見おぼえのある顔が、ハッキリと鏡のなかにあらわれたが、そのとたん、美穂子はおもわずアッと叫んだ。

あの少年――『幽霊花火』の道之助なのだ。美穂子は、なにかいおうとしたがくちびるがふるえて声が出ない。すると鏡のなかの顔がニッコリ美しい微笑をうかべた。思いのほかひとなつっこい微笑だった。

「お嬢さん、びっくりさせてすみません。あなたのようなかたを、おどろかせるつもりじゃなかったのですが……どうかかんべんしてください」

ことばもていねいだったし、おどかすような調子もなかった。美穂子はいくらか恐怖もうすらぎ、

「あなたは、いつの間にこんなところへ？」

「じつはさっき、おまわりさんに追っかけられて、隅田川へ飛びこんだのですが、さいわいそこにモーターボートがあったので、それに乗って川下へ逃げ出した――というのはおもてむき、そのとき、ぼくは胴着をぬいで、それをハンドルへかぶせておいたのです。ほら、あなたも知ってのとおり、ぼくの胴着はやみのなかでもキラキラ光るでしょう。だからおまわりさんたちは、ぼくがモーターボートに乗っていると思って、一生けんめいに追っかけていったのです。そのあいだに、ぼくはまた水のなかをくぐって、国技館のそばへ引返してくると、そこにあった運転手のいない自動車のなかへもぐりこみ、

すっかり運ちゃんになりすましたというわけです。ハハハハ、いまごろはおまわりさん、だれも乗っていない舟をむちゅうになって追っかけていることでしょうよ」

道之助はいかにもおもしろそうに笑っている。美穂子はその話を聞いているうちに、しだいに恐怖心もうすらいで、かえって一種の親しみさえかんじてきた。

「それで、あたしをどうするの？」

「そうですね。お宅の前でだまっておりていただければいいのですがね」

「もし、あたしがいやといったらどうするの。おまわりさんに、助けてえーっ、と叫んだらどうするの」

道之助は、またカラカラと愉快そうに笑った。

「だいじょうぶ。きみはそんな意地の悪いひとじゃない」

「だって、あなたは、おまわりさんに追われてるんでしょう？　あたしそんなひと、助けたくないわ。かかり合いになっちゃいやだわ」

「お嬢さん、もういちど、ぼくの顔をよく見てください。ぼくがそんなわるい人間に見えますか」

そういわれて美穂子は鏡のなかにうつっている道之助の顔を見なおしたが、すぐ目をそらすと、

「さあ、そんなこと、あたしにはわからないわ」

と、低い声でつぶやいた。

「ハハハハ、わからないことはないでしょう。きみはぼくを信じてくれたにちがいない。なるほどぼくは警官に追われている。しかし世のなかには、まちがいってこともありますからね」

道之助の口ぶりには、どこかひとをひきつけるつよい力があった。それに、これがはたして警官から追いまわされている人間だろうか。少しもわるびれたところやオドオドしたところがなく、元気で確信にみちた態度——そういう相手のようすがしだいに美穂子の心をひきつけた。

「わかったわ」

「ありがとう。やっぱりきみはぼくの味方だ。ときにお宅はどちらですか」

「あら、ちょうど、うちの方角へきてるわ。もうじきよ」

それから間もなく、紀尾井町《きおいちょう》の家の近くで自動車からおろされた美穂子は、じっと、道之助の運転ぶりを見送っていたが、その彼女は、この奇妙な冒険にこうふんしたのか、ひとばんじゅう道之助の夢を見つづけた。

宗像博士の秘密

さて、その翌日になると、たいへんなさわぎだ。

新聞という新聞が、社会面の大部分をさいて、昨夜の大捕物の記事をかかげている。

ひとびとはそれを読むと、いまさらのようにアッとおどろいたが、わけてもいちばんびっくりしたのは、いうまでもなく美穂子である。

彼女は新聞を読むと、くちびるの色まで真っ青になった。

あの道之助少年が、どくろ指紋の怪盗であろうとは！　しかも、その怪盗の逃亡を助けたのはとりもなおさず、じぶんではないか。

そう考えると美穂子は、いまさらのように昨夜のことが悔やまれた。そんなことと知ったら、どんな危険をおかしてでも、警察へ知らせたのに、ああどうしよう。どうしよう、と悔やむしたから、しかしまた、あの少年にかぎって……といううたがいもわいてくる。

——あのとき、道之助はなんといった。世のなかにはまちがいということもある、といったではないか。そうだわ。これはきっとまちがいなんだわ。あのひとがそんな恐ろしい悪党であるはずがない。だが、それにしてもおかしいのは——。

美穂子はそこでふらふらと立ちあがると、父の書斎へはいっていった。

見るとその書斎の壁には古びた写真が一枚かかっている。しかもおどろいたことには、その写真というのが、道之助にそっくりなのだ。目もと、口もと、そして髪の毛をひたいにたらしているところまで、すこし年さえ若くすればゆうべ見た道之助、いやいやきょう新聞にのっている道之助の写真にそっくりなのだ。

美穂子はなんともいえぬふしぎさにうたれて、しばらくその写真をじっと見ていたが、

そのとき、

「美穂子、なにをそんなに熱心に見ているのだね」

と、うしろから声をかけられて、ハッとふりむいてみると、そこにはまっ青な顔をした父の宗像博士が立っている。

「あら、おとうさま」

美穂子はそのとき、父の顔に浮かんだ恐ろしい表情に、なんとなく胸をとどろかせたが、すぐに息をはずませて、

「おとうさま、このお写真のかたはどういうひとですの。あたしなんだか、気になってならないの」

とたずねてみた。博士はそういう美穂子の顔色をじっと見ながら、

「ああ、それじゃおまえ、けさの新聞を見たのだね」

「ええ、そうよ。ほら、ここに道之助というひとの写真が出ているでしょう。このひとと、その写真とはそっくりだわ。ねえ、おとうさま、その写真はどういうひとなの？」

問いつめられた博士は、なんとなく心ぐるしいおももちだったが、

「美穂子、その写真というのはね、栗生徹哉《てつや》といって、おとうさんの古い友人だった。しかし、そのひとは、もう十五年もまえに死んだのだよ」

「まあ、栗生――ですって？　それじゃ、その道之助というひととやっぱりなにか関係があるのね」

「そうだよ。美穂子、道之助は徹哉というひとの息子にちがいないのだ。二つか三つのときにゆくえ不明になってね。それでおとうさんは長い間、道之助のゆくえをさがしていたのだが、もういけない。美穂子、ちょっとこれをごらん」

博士は顔色を暗くかげらせながら、机のひきだしから古い手帳をとり出したが、やがてパラパラとページをめくって美穂子の前へさしだした。美穂子はふしぎそうにそのページをのぞきこんだが、とたんにまっ青にならずにはいられなかった。

ああ、なんということだ。そこには赤んぼうくらいの小さい指紋が押してあったが、その指紋というのが、まぎれもなくどくろ指紋！

「まあ、それじゃやっぱり……おとうさま！」

「そうなのだ。道之助が生まれたときにね、あまりきみょうな指紋だから、おとうさんはこうしてとっておいたのだ。ところが、それから間もなく、道之助はゆくえがわからなくなったのだ」

「でも、おとうさま。おとうさまはこの徹哉というひとと、どんな関係があるんですの」

「いや、そればかりは聞いてくれるな。おとうさんはこの徹哉という男に、すまないことをしているのだ。それでなんとかして、せめてその子の道之助でもさがし出して、むかしの罪ほろぼしをしたいと思っていたのだが、もうだめだ。道之助は世にも恐ろしい悪党になっているのだ」

博士はそういうと目に涙さえうかべて、

「わしはあのどくろ指紋のうわさを聞いたとき、すぐにこれは道之助だとさとったのだよ。なぜといって、こんなきみょうな指紋を持っている人間が、世界にふたりとあるはずがないからね。それ以来、わしがどのように苦しんだか……もしあの子がまともな人間に育っていたら……」

「しかしおとうさま、おとうさまはこの徹哉というひとにどんなことをなさいましたの。ねえ、おかくしになっちゃいや。あたしは、なにもかも知りたいの。話してちょうだい。どんなことを聞いてもおどろきゃしないから……」

「美穂子！」

宗像博士は娘の手をとると、ハラハラと涙をこぼしながら、

「それじゃ話すがね、おとうさんはいけない男だったのだ。おとうさんは、その栗生徹哉という男の財産を横取りしたのだよ」

「な、なんですって」

美穂子はおどろいて父の顔を見なおした。

「むろん、はじめからそのつもりじゃなかったのだが、結果においてそうなったのだ。美穂子、まあ聞いておくれ」

そこで宗像博士が話したのは、つぎのようなざんげ話だ。

栗生徹哉と宗像博士とはそのむかし、親友だった。この栗生という男は金持ちのお坊ちゃんだったが、親類というものがひとりもなく、それで財産の管理などもいっさい、宗像博士にまかせていた。

そのうちにかれはおくさんをもらって子どもが生まれた。それがつまり道之助なのである。ところがこの道之助が二つになったとき、栗生は結核で死んだのだが、その死の間ぎわに、あとのことを宗像博士にたのんでいった。むろん博士は親友の遺言を守るつもりだったが、ただこまったことには道之助の母というのが、とてもたちのわるい女で、うかつに財産など渡せないのである。

そこで宗像博士は、道之助が大きくなるまで財産を保管していようと思い、ことばをあいまいににごして、母親のいうことを取りあげずにおいた。すると相手は、てっきり博士が財産を自分のものにするつもりだろうと早がてんして、この復しゅうはかならずするからおぼえていろと、ものすごいおどしもんくを残して、それから間もなく子どもとともに、すがたをくらましてしまったのである。なにしろその女は、まだ正式に栗生の妻になっていなかったので、法律であらそうわけにもいかなかったのだ。

宗像博士はむろん後悔した。母親は母親として、子どもは栗生の子にちがいないのだから、なんとかしてさがし出して財産を渡してやりたいとあらゆる手をつくしさがしたがまるでゆくえがわからない。そのうちに、道之助の母親が死んだということだけは、風のたよりにわかったが、子どもはひとの手からひとの手へと渡っていって、ついきょうの日までゆくえがわからなかったのである。

「おとうさんは決して、はじめからそんな悪いことをたくらんだわけじゃない。しかし結果から見ると、いままで道之助の財産を自分のものにしていたことになる。おとうさんはそれをどんなに苦にしていたろう。だからいっこくも早く道之助をさがしだして、むかしの罪ほろぼしに、あとつぎにして財産をゆずりたいと思っていたのだが、もういけない。だめだ。道之助は世にも恐ろしいどくろ指紋の怪盗なのだ」

鳴りやむ歌時計

はじめて聞く父の秘密に、美穂子はどんなにおどろいたろう。

――ああ気のどくなおとうさま。おとうさまが悪いのじゃないわ。みんなその母親というひとが悪いのだわ。

と、そう思うしたから、また道之助のことを考えると、ゾッとするような恐ろしさがこみあげてくる。

――もしおとうさまがそのとき、すなおに財産を渡しておいたら、あのひとも恐ろしいどろぼうなどにならずにすんだかも知れない。世のなかには、しんせつでしたことでも、思いがけない悪いことをひき起こすこともある。もし道之助がそれを知ったら、どんなに父をうらむだろう。

それを考えると美穂子はなんともいえず不安になる。ふしぎな運命のいたずらに、彼女はその日いちにち泣き暮らしたが、さて、その夜のこと——。

泣きぬれて寝入っていた美穂子は、真夜中ごろ夢のなかで、ただならぬ悲鳴を聞いたような気がして、ハッと目がさめた。

「あら、あれ、なんの声だったかしら？」

胸をドキドキさせながら、じっと聞き耳をたてていると、どこかでかすかなオルゴールの音がする。オルゴールは雨だれの音のように『蛍の光』のメロディーを奏《かな》でている。

美穂子はハッとして枕もとの時計を見ると、ちょうど三時だ。

「まあ、それじゃおとうさま、今夜もお仕事かしら？」

美穂子はおもわず首をかしげた。

宗像博士はよく真夜中に起きて仕事をすることがある。そんなとき、博士はいつも、目ざまし時計をかけておくのだが、その目ざまし時計というのは歌時計になっていて、ベルのかわりにオルゴールが『蛍の光』を奏でるようになっているのだ。

美穂子はだから、真夜中ごろそのオルゴールが鳴り出すと、いつも、ああ、また今夜もお仕事だわ、とそのまま寝てしまうのだが、今夜ばかりはどういうものか、父のことが気になってたまらない。それでしばらくじっとその音に耳をすましていたが、すると、ふいにオルゴールの音がハタとやんだ。

「あら！」

美穂子はみょうな胸さわぎを感じた。オルゴールが終わりまで歌わずに、とちゅうでフーッとやんだのがなんとなく気にかかる。それに、さっき聞いた、あのただならぬ叫び声。

美穂子はそこで、ともかく、父の書斎をのぞいて見ようと、寝室を出ると、下へおりていった。と、そこでばったりと出会ったのが、父の助手の志岐英三だ。英三もこの家に寝泊まりしているのである。

「あら、志岐さん！」

「しッ！」

英三は口に指をあてた。なんとなくまっ青な顔をしている。美穂子はにわかに、はげしい胸さわぎを感じながら、

「いったい、どうしたの？」

と、声をふるわせてたずねた。

「どうもへんなのです。先生の書斎のほうで、みょうな物音が聞こえたのです」

と、英三も声をふるわせている。

「いって見ましょう。ねえ、いって見ましょうよ」

ふたりはそこで書斎へはいると、パチッと電気のスイッチをひねったが、そのとたん、アッと叫んで棒立ちになった。宗像博士があけに染まってたおれているのだ。

「おとうさま！　おとうさま！」

「先生！　先生！」

　ふたりはむちゅうになって左右からとりすがったが、博士はすでにこと切れている。見ると胸のあたりに二、三か所、ものすごい突き傷をうけているのだ。

「おとうさま、おとうさま。ああ、だれがこんなことをしたんですの。おとうさまァ！」

　美穂子はきちがいのように泣き叫んだが、そのときだ、なにを見つけたのか英三が、アッと叫んで立ちあがると、

「美穂子さん、ごらんなさい。こ、これを！」

　とただならぬさけび声、ハッとした美穂子が、英三の指さすところを見ると、ああ、なんということだ、壁にかかった鏡の上に、ベッタリと血染めの指紋、しかもそれはまぎれもなく、あのいまわしいどくろ指紋ではないか。

恐ろしい真相

　明け方の五時ごろだった。

　新日報社の三津木俊助は、由利先生にたたき起こされてあわてて表へとび出した。見ると由利先生は自動車にのって待っている。

「三津木君、いっしょにいこう。どくろ指紋が人殺しをやったというのだよ」

「え、人殺しですって？　そして、殺されたのはいったいだれです？」

「宗像博士だよ」

「なに宗像博士ですって？」

「そうだ、いま警視庁の等々力警部から知らせてきたんだ。ともかくきたまえ」

由利先生にうながされて、俊助が自動車に飛び乗ると、思いがけなく、先生のそばには見知らぬ若い男がのっている。その男は大きな黒眼鏡をかけ、帽子をまぶかにかぶり、おまけにコートのえりをふかぶかと立てているので、人相はまるでわからない。由利先生もしょうかいしようとはしなかった。

「それで先生、事件の起こったのはいつのことです」

「ついさきほど、三時ごろのことだそうだ」

と、そんなことをいっているうちに、自動車は早くも紀尾井町の宗像邸へつく。見ると屋敷の周囲には、はや変事をききつけたやじうまがおおぜいむらがっていて、そのなかに、制服の警官や私服の刑事のすがたも見られた。

そのなかをかきわけて由利先生に、三津木俊助、それから例の黒眼鏡の男の三人がなかへはいっていくと、出迎えたのは等々力警部だ。

「やあ、先生。よくきてくれましたね」

「ふむ。先程は電話をありがとう。ところでまたどくろ指紋が残っていたそうだね」

「そうですよ。じつにふしぎですよ。ときに先生……」

と、警部がなにかささやくと、由利先生はニンマリうなずきながら、

「いや、だいじょうぶだ。それはわしが保証する。ゆうべはずっとわしのそばにいたのだから」

と、みょうなことをいったかと思うと、

「とにかく、現場を見せてもらおうか」

と、俊助と黒眼鏡の男をうながしながら、書斎へはいっていった。書斎はまださっきのままで、宗像博士の死体もそこに横たわっている。

「先生、これが例の指紋です。そして、この写真が、おとといの晩三津木君がチラと小耳にはさんだという写真にちがいありません」

と、等々力警部が指さしたのは、例の栗生徹哉の写真だ。それを見ると、由利先生も俊助もアッとばかりにおどろいたが、とりわけいちばんおどろいたのは黒眼鏡の男。まるで幽霊でも見つけたように、じっとその写真の前に立ちすくんでいたが、由利先生がポンとその肩をたたくと、

「よしよし、いまに何もかも解決する。心配するな」

と、またしてもみょうなことをいうと、

「それじゃ警部、発見者だというお嬢さんを呼んでくれたまえ」

やがて、警部の命令によってはいってきたのは美穂子である。

美穂子はあまりのかなしみに、すっかり顔青ざめていたが、それでも由利先生の質問

にたいして、ゆうべの話をポツポツと話してきかせた。由利先生は熱心にその話を聞いていたが、歌時計のオルゴールがとつぜん鳴りやんだということを聞くと、ふしぎそうに、

「その歌時計というのはこれですか」

と、ゆかの上にころがっている目ざまし時計をとりあげた。

「はい、それでございます」

「なるほど、これがとちゅうで鳴りやんだのですね」

と、しげしげ時計をながめていたが、やがてギョッとしたような表情をあわてて押しかくしながら、

「ときに、お嬢さん。ここにかかっているこの写真は、どういうひとですか」

と聞かれて、美穂子はワッと泣き出した。

しかし、いまとなっては隠しようがない。そこできのう父からきいた話を、残らず打ち明けたが、それを聞いていちばんおどろいたのは、またしてもあの黒眼鏡の男だ。おもわずなにかいおうとするのを、由利先生はあわてて押しとめながら、

「いや、よしよし。それでは志岐くんというのを、ここへ呼んでもらおうか」

やがて志岐英三がはいってきた。かれはまだパジャマのままでこうふんした顔色をしていたが、問われるままにゆうべの話をする。

「なるほど、するときみの考えでは、博士を殺したのは道之助にちがいないというんだ

ね」

「むろんです。その指紋がなによりのしょうこです」

「ところがね、志岐くん。道之助はゆうべここへくるはずはないんだ。なぜならば、あの少年はゆうべずっと、このわしといっしょにいたんだからね」

「な、なんですって？」

「おいきみ。その眼鏡をとって顔を見せてやりたまえ」

由利先生のことばも終わらぬうちに、黒眼鏡の怪人物は、サッと眼鏡と帽子をかなぐりすてたが、とたんに美穂子も英三も俊助も、アッとばかりにおどろいた。むりもない、その男こそサーカスの人気者、栗生道之助少年ではないか。

「ああ、あなたは――」

美穂子はあまりのおどろきに、おもわずうしろにとびさがる。英三もまっ青になってたじろいだ。

「お嬢さん、安心なさい。道之助くんはけっして悪党じゃない。なるほど奇怪な指紋の持ち主だが、その指紋をぬすんで悪事を働いていたやつは別にあるのです」

「な、なんですって？」

「三津木くん、きみにまでかくしていたのはすまなかったが、これにはわけがある。あのどくろ指紋の怪盗のひょうばんが高くなりかけたころ、この道之助くんが、わしのところへやってきたのだ。そしてあの怪盗の残していく指紋は、たしかにじぶんの指紋にちがいないが、自分は決してそんな悪事をしたおぼえがないという。

わしも大いにおどろいたが、等々力警部と相談して、道之助くんをしばらくわしの家へとめておいたのだ。ところが、そのあいだにもいぜんとしてどくろ指紋の怪盗はあらわれる。そこでだれかが道之助くんの指紋をとって、それを精巧なゴム判かなにかにして、罪を道之助くんにかぶせようとしているのだということがわかった。

それで道之助くんによく聞くと、大阪で興行《こうぎょう》しているころ、見知らぬ客に招かれたが、そこで眠り薬をのまされて、眠ってしまったことがあるという。

つまりそのとき指紋をとられたらしいのだが、さて、その客というのが何者だかわからない。

人相を聞いても、相手は変装していたらしいので、そんなものは手がかりにならない。そこでわれわれもほとほと困ったあげく、戦法をかえて、道之助くんの写真をサーカスのポスターにいれて東京じゅうにバラまいたのだ。

するとはたして、警視庁へ密告状がきて、道之助くんこそどくろ指紋の怪盗だ、と教えてきた。

わしの考えでは、その密告状のぬしこそあやしいと、ひそかに調査をすすめるいっぽう、わざと密告状にだまされたような顔をして、国技館であんな捕物さわぎをやって見せたのだ。

なあに、あれは警部や道之助くんとあらかじめ打ち合わせておいて、わざと道之助くんをとり逃がすようにしておいたのだよ。道之助くんはしゅびよく逃げだすと、すぐわしのところへきて、それからいままでかくれていたのだが、そうとは知らずに、またのめのめとこんな人殺しをやったのは、これこそどくろ指紋の運のつきさ」

ああ、なんという意外な話、なんというふしぎな物語だろう。俊助も美穂子も、あまりのことにただぼうぜんとしている。英三はなにかしら、幽霊にでも取りつかれたような顔をしていたが、やがてしわがれた笑い声を立てると、

「なるほど、しかしそれじゃ、本物のどくろ指紋はどこにいるのだ?」

「ふむ、そこにいるよ。志岐くん、きみのパジャマのボタンがひとつちぎれているが、それはどうしたんだね?」

「な、なんですって?」

「ハハハハ、さすがの悪党もそれに気がつかなかったのが運のつきだね。博士は殺されるとき、犯人のボタンをひきちぎった。犯人は博士がひといきに死んだことと思って部屋から逃げ出したが、博士はそのじつまだ息があったのだ。そして断末魔の苦しみのうちに、そのボタンを歌時計のなかへねじこんでおいたのだ。ほら見たまえ」

と、由利先生が歌時計のふたをひらけば、コロコロところがりだしたのは血にまみれた一個のボタンだ。と同時にボタンによってさえぎられていたゼンマイが、ふたたび回転をはじめたかと思うと、いったんとぎれた『蛍の光』が、またゆるやかに鳴り出したのであった。

そのとたん、ごうぜんたる物音が室内にとどろいたかと思うと、志岐英三のからだがバッタリと床の上にくずおれたのだった。

英三の室内からは、はたして世にも精巧などくろ指紋のゴム判が発見された。かれが自殺したいまとなっては、なぜそんなだいそれた悪事をはたらいたのか、知る方法もないが、推理をはたらかせてみると、かれは博士の財産に目をつけていたのだ。

ところが博士はいつか話したように、あくまでも道之助をさがし出して、ゆくゆくは美穂子と結婚させて、財産をゆずろうとしていたので、それを知った英三は、道之助をつみにおとしいれようと、あんな悪事をたくらんだのだが、その秘密を博士に知られたので、あんな恐ろしい人殺しをやったのであろう。

道之助と美穂子は、いま、由利先生の保護をうけながら、きょうだいのように、仲よく勉強しているということである。

解説

山村正夫

ジュニア物のミステリーは、読者対象が年少の少年少女なので、血みどろな殺人の謎をあつかったものは、ほとんどないといっていい。作者の方でも神経を使い、そうした殺ばつな事件をことさらさける傾向があるからだ。

したがって、興味の焦点となる悪人たちの悪事の目的も、おのずとかぎられてくる。アルセーヌ・ルパンのように、高価な財宝をねらうといったパターンのものが、どうしても多くなってくるのである。とはいえ、いつも同じような財宝ばかりでは知恵がないから、いかにして手を替え品を替えるかというところに、作者の苦労があるわけなのだ。

それは本シリーズにおさめられた、横溝正史先生の一連の怪奇探偵小説を見ても、わかろうというものだろう。

たとえば、「怪獣男爵」では日月の王冠、「黄金の指紋」ではばくだいな宝石をおさめた黄金の燭台《しょくだい》に、いずれも怪物の魔手がのびる。また、「夜光怪人」は海賊龍神長大夫の隠した宝探しが、怪人の目的というぐあいだ。

だが、この世にある宝石や金貨ばかりが、財宝のすべてではない。作られた人工的な財宝というのもあるのである。

読者は錬金術というのをご存知だろうか。せまい意味では、鉄や銅、鉛などを金や銀に変える術をいうが、広い意味では宝石類や真珠の偽造《ぎぞう》までふくむ。紀元前二〇〇〇年頃にエジプトではじめて試みられて以来、ギリシャ、ローマ、アラビア、フランスなどで研究が進められたが、いまだかつて誰ひとり成功したことのない、人類永遠の夢なのだった。

それにしても、宝石の中で最高の価値のあるダイヤモンドなどを、ガラスのように自由自在に作り出すことができたら、どんなにかすばらしいことだろうか。

「仮面城」は、そうした人造ダイヤの秘密にからむ、スリルにあふれた恐怖の物語なのである。

テレビの「たずねびと」のコーナーで、大野健蔵という未知の人物が自分を探していることを知った竹田文彦少年は、成城学園にある家をたずねていく。その途中、三角ずきんをかぶった気味の悪い魔法使いのような老婆に出会ったり、たずねあてた健蔵の家の洋間で、そこにかざってある西洋のよろいに人がひそんでいる気配を感じたりして、物語の発端から読者がドキドキするような場面があいつぐのだ。

しかも、当の大野健蔵は、魔法使いの老婆におそわれて負傷していた。その健蔵から渡されたのが黄金の小箱で、中には二〇〇カラットはあろうかと思われる、鶏卵大のダイヤ六個が入っていた。

これまで世界最大のダイヤといわれていたのが、英国王室に秘蔵される「山の光」一〇六カラットなのだから、倍近くもあるわけで、驚異の大きさというほかはない。ぜんぶ合わせれば、何十億円するかわからない大変な価値のあるものなのだ。それが何とことごとく人造ダイヤなのだから、信じられないような話といっていいだろう。

純粋な炭素からダイヤを製造する研究に成功したのが、香代子の父の大野健蔵と、文彦の実の父にあたる科学者の秀蔵博士なのだった。

その人造ダイヤをねらうのが、本書の悪の主役怪盗銀仮面である。ピンと一文字につばの張った、山のひくい帽子の下に、いやらしい銀の仮面がいつもにやにや笑いをしており、からだをすっぽりと長いマントでくるんだコウモリのような怪人なのだ。

銀仮面は恐ろしい悪とうで、大野秀蔵博士をゆうかいしたばかりか、大野健蔵や文彦の義理のお母さんまでさらってしまう。それだけではない。かれほど血も涙もない人間はいないのだ。

仲間や子分が銀仮面の命令にそむいたり裏切ったりすると、かならずダイヤのポイントがまいこむ。そして、三日とたたないうちに殺されてしまうのである。

そうした血も涙もない銀仮面を相手に、人質《ひとじち》の救出に全力をつくすのが、文彦とそれを助ける名探偵金田一耕助だ。そのほか、靴みがきの三太少年や、口のきけない牛丸青年なども大働きをする。

かれらと銀仮面の戦いぶりを、読者は物語のはじめから息もつかずに読んだことだろうが、とりわけ井の頭公園の大捕物のシーンには、ハラハラさせられたに違いない。手傷を負った銀仮面の奇怪な消失の裏に、奇術に似た心理的な〝一人二役〟のトリックが仕かけてあるのである。

大野健蔵老人の家の地下室で、炭素の精製機を発見したことから、人造ダイヤの秘密を見やぶった名探偵金田一耕助は、この捕物に参加したことで、そのトリックに気づき、銀仮面の正体をするどく見抜くのだ。

だが、この種の〝一人二役〟のトリックは、ジュニア物の怪奇探偵小説ではしばしば使われる手で、江戸川乱歩先生の怪人二十面相などもとくいとしている。したがって、ミステリー・ファンの読者だったら、探偵眼を発揮すれば、銀仮面がはたして何者か、うすうすと感づき得たのではないだろうか。

銀仮面のアジトは、伊豆半島の西海岸、伊浜の山中にある仮面城である。以前、銀仮面の手先にされたことのある三太少年が「深山の秘密」という映画を見たおり、ロケに使われたバックの景色の中に、そのアジトのある山を見つける。金田一耕助と文彦は、それによって仮面城の位置を知り、等々力警部の指揮する警官隊とともに襲撃に着手。人質をぶじに救出して、めでたしめでたしとなるのだ。

捕えられた銀仮面の意外な正体が、最後に明らかにされるのはいうまでもない。秘書を殺して帽子やマントを着せ、壁にかかった幾十ものさまざまな仮面の中に、人質の大野秀蔵博士や大野健蔵博士たちの顔が隠れていて、犯行を目撃されてしまう。そのため悪人がグウの音も出なくなる大詰のくだりは、この物語のしめくくりにふさわしい印象的なシーンといえるだろう。

「悪魔の画像」は、西洋悪魔の油絵に謎が秘められた、スリラーの短編である。

杉勝之助という天才画家の画いたその油絵は、一面に赤い色がベタベタとぬりつけてある気味の悪い絵だった。良平のおじさんに当る清水欣三という小説家が、古道具屋の店先でぐうぜんにそれを見つけ、同居先の良平の家の新築祝いに買ったことから、思いがけない事件が起こってしまう。

その家にどろぼうが入って、悪魔の画像がねらわれるのだ。

油絵には、いったいどんな秘密が隠されているのか？　それを探ろうとする良平とおじさんの探偵活動が、本編の見どころといってよく、ふたたび侵入したどろぼうが逃げ場を失って死んだあと、すべてが明らかになるのである。世界的な大画家エル・グレコの絵にとりつかれた、天才画家杉勝之助の過去の罪が新たな犯罪を生んだわけだが、どろぼうが落した赤いめがねと悪魔の画像のむすびつきには、読者もうならせられたのではないだろうか。

「ビーナスの星」には、読者にもなじみ深いはずの三津木俊助が、K大生として登場する。

つまりこの物語のできごとは、かれが新日報社へ入社する前にぶつかった珍しい事件ということになるだろう。深夜の国電にたまたま乗り合わせた瀬川由美子という少女にたのまれ、家まで送ったのがきっかけで思わぬ犯罪に首を突っこむことになるのだ。

由美子の兄は発明家だったが、かれのよき理解者として経済的なめんどうを見ていたのは、ウィーンでなくなった声楽家のおばだった。そのおばはヨーロッパのさる大国の皇室から、〝ビーナスの星〟と呼ばれるダイヤをおくられていたが、死ぬ前に遺産として、由美子の兄にのこしたのである。その際、悪人にねらわれることをおそれて、ダイヤをある品物の中に隠して兄妹の家に送った。ところが、かんじんの秘密を打ち明けずじまいで死んだため、兄妹は何も知らないし、それがどこに隠されているかもわからない。

その秘密をかぎつけて、兄妹をおそうのが石狩のトラと呼ばれる凶悪な強盗なのだ。むろん、三津木俊助の活躍で石狩のトラはつかまり、ビーナスの星もめでたく見つけ出すことができるのだが、本編のみりょくは、ダイヤの予想外の隠し場所にある。文字どおりの盲点だから、読者もきっと気づかなかったに違いない。そうした隠し場所の意外性のトリックに、横溝先生ならではのとびきりの趣向がこらされているといえるだろう。

「怪盗どくろ指紋」は、異常指紋の持主を主人公にした物語だ。

都内をさわがす怪盗が、犯行後、いつもきまって一つの指紋を名刺がわりに残していく。その指紋というのが、まるでどくろが歯をむき出してあざ笑っているかのように見える、奇怪とも何ともいいようのないお化け指紋なのである。そのせいで怪盗どくろ指紋とおそれられるのだが、指紋の持主が空中大サーカスのスター栗生道之助とわかったことから、かれにどろぼうの疑いがかけられてしまう。

だが、その裏には真犯人の憎むべき悪だくみと、驚くべき指紋のトリックが秘められていた。そうした真相をばくろして道之助の無実の罪をはらすのが、新日報社の記者三津木俊助と由利先生のコンビなのである。由利先生はもと警視庁の捜査課長だった経歴を持ち、横溝先生の戦前の名作「真珠郎」などで腕をふるう有名な人物だ。金田一耕助とは違うその名探偵ぶりに、読者も興味深い感慨を抱いたのではないだろうか。

本書は、昭和五十三年十二月に小社より刊行した文庫を改版したものです。なお本文中には、つんぼ、土人、おし、こじき、きちがい、気がちがう、狂人、めくらめっぽうなど、今日の人権擁護の見地に照らして使うべきではない語句や、容姿に対して不適切な表現があります。しかしながら、作品全体を通じて、差別を助長する意図はなく、執筆当時の時代背景や社会世相、また著者が故人であることを考慮の上、原文のままとしました。

（編集部）

仮《か》面《めん》城《じょう》

横溝《よこみぞ》正《せい》史《し》

昭和53年 12月30日　初版発行
令和 4 年　8 月25日　改版初版発行

発行者●堀内大示

発行●株式会社KADOKAWA
〒102-8177　東京都千代田区富士見2-13-3
電話　0570-002-301（ナビダイヤル）

角川文庫 23289

印刷所●株式会社暁印刷
製本所●本間製本株式会社

表紙画●和田三造

ISBN 978-4-04-112910-4　C0193

◇◇◇

角川文庫発刊に際して

角川源義

第二次世界大戦の敗北は、軍事力の敗北であった以上に、私たちの若い文化力の敗退であった。私たちの文化が戦争に対して如何に無力であり、単なるあだ花に過ぎなかったかを、私たちは身を以て体験し痛感した。西洋近代文化の摂取にとって、明治以後八十年の歳月は決して短かすぎたとは言えない。にもかかわらず、近代文化の伝統を確立し、自由な批判と柔軟な良識に富む文化層として自らを形成することに私たちは失敗して来た。そしてこれは、各層への文化の普及滲透を任務とする出版人の責任でもあった。

一九四五年以来、私たちは再び振出しに戻り、第一歩から踏み出すことを余儀なくされた。これは大きな不幸ではあるが、反面、これまでの混沌・未熟・歪曲の中にあった我が国の文化に秩序と確たる基礎を齎らすためには絶好の機会でもある。角川書店は、このような祖国の文化的危機にあたり、微力をも顧みず再建の礎石たるべき抱負と決意とをもって出発したが、ここに創立以来の念願を果すべく角川文庫を発刊する。これまで刊行されたあらゆる全集叢書文庫類の長所と短所とを検討し、古今東西の不朽の典籍を、良心的編集のもとに、廉価に、そして書架にふさわしい美本として、多くのひとびとに提供しようとする。しかし私たちは徒らに百科全書的な知識のジレッタントを作ることを目的とせず、あくまで祖国の文化に秩序と再建への道を示し、この文庫を角川書店の栄ある事業として、今後永久に継続発展せしめ、学芸と教養との殿堂として大成せんことを期したい。多くの読書子の愛情ある忠言と支持とによって、この希望と抱負とを完遂せしめられんことを願う。

一九四九年五月三日